같은 책
다른 생각

절친여고생
정윤이와 희정이의
독서기록

같은 책
다른 생각

김정윤·한희정 지음

리딩엠

ReadingM Publisher

Contents

■ 글쓴이 소개

정윤이

　　　　　1995년 서울 출생, 현재 백암고등학교 2학년에 재학중입니다. 신약개발원이 되겠다는 꿈을 가지고 공부에 매진하고 있는 평범한 고등학생이기도 합니다. 특이하게도 전 꿈을 위해 이과를 선택했지만 보통의 이과생들과는 다르게 글을 쓰는 일을 상당히 좋아합니다. 학교에서도 독후 글쓰기 대회에서 여러 차례 수상을 하였고, 시 짓는 일을 좋아하여 학교에 출품한 시가 교지에 실리기도 했습니다. 글을 쓰는 것이 문과생들에게만 국한된다고 생각하는 사람들이 있습니다. 하지만 저는 글에는 문과나 이과의 경계가 없다고 생각합니다. 저 또한 글을 많이 씀으로써 저 자신에게 많은 발전과 도움을 안겨주었고, 이렇게 그동안 쓴 글들을 책으로 낼 수 있는 기회도 얻게 되었으니 말이죠, 저는 앞으로도 꾸준히 글을 쓸 것이고, 그렇게 꿈에 한 발 한 발 더 나아갈 것입니다.

희정이

　　　　　1995년 서울 출생, 현재 서울 경인고등학교 2학년입니다. 공부, 성적보다는 거울 속 얼굴에 나 있는 뾰루지에 더 관심이 많고 학교 수업 시간에는 가끔 졸아도 축제, 동아리 시간엔 절대 졸지 않아요. 하지만 공부도 정말 잘하고 싶어 최선을 다한답니다. 특히 친구들과 함께 만들어가는 학교 행사에도 적극 참여하다보니 의도치 않게 저희 학교 마당발이 되었어요. 학급반장도 했지만 체육부장이 더 되고 싶을 만큼 활달한 성격이며 경인고등학교 농구 동아리 최초의 여자멤버랍니다. 매년 축제마다 맡은 역할은 예산담당도 아니고 소품담당도 아닌 기획홍보 담당이에요. 신선한 아이디어를 많이 내 친구들이 아이디어 뱅크로 부르기도 해요. 학교 홍보물 포스터나 선거유세 피켓 등을 제가 만들어 대박이 나기도 했답니다. 부모님께서는 항상 공부를 더하라고 하죠. 그래서 부모님의 마음을 담고 담아 꼭 저의 미래를 스스로 만들어가며 보답하고자 합니다.

■ 이 책을 읽는 분들에게

옛날이 그립다는 학교 선생님의 말씀을 들은 적도 있습니다. 선생님들끼리 과거에는 함께 토론하며 학생들을 지도하는 방법과 고민을 나눴다고 합니다. 그런데 인터넷과 스마트폰 등이 일상화되면서 과거의 추억으로 남아 있다고 말씀하십니다. 전화 한 통화보다는 메시지로, 직접 만나서 얼굴을 보고 얘기하는 것보다는 메신저로 모든 일을 처리하다 보니, 같은 학교에서 학생들을 가르치지만 동료 선생님끼리도 서로 잘 모른다는 말씀에 저희들도 깜짝 놀랐습니다.

사실, 저희들도 별로 다를 것이 없습니다. 정보화시대가 들어서면서 대다수의 학생들은 책보다는 인터넷이나 스마트폰에 더 많은 관심을 쏟고 있는 듯합니다. 저희도 물론 문명의 이기라고 할 수 있는 인터넷과 단절된 생활을 하지는 않습니다. 하지만 저희는 책, 신문 칼럼 등을 놓지 않고 틈나는 대로 꾸준히 읽으며 독후 활동을 하고 둘의 생각과 주장을 함께 대화하고 토론하며 글로 써 왔습니다.

이 책은 저희가 같은 주제를 놓고 약 3년 동안 써왔던 글들이 얼마나 다른지, 처음 글을 쓸 때는 글이 아주 미흡하다가도 시간이 흐르며 얼마나 발전했는지 보여줍니다. 글을 읽다보면 '중학생이 쓴 것 같다'하는 글도 있을 테고 '이런 생각까지도 하는구나'라는 글도 있을 것입니다. 이 모든 것이 저희의 발전하는 모습을 담고 있는 것이니 좋은 마음으로 예쁘게 봐주셨으면 좋겠습니다.

사람은 각기 다른 생각을 가지고 살아갑니다. 그렇기 때문에 같은 주제, 같은 책을 읽었다 하더라도 각각의 사람들이 받은 느낌이나 생각, 글이 모두 개성을 가지고 있습니다. 이 책 또한 같은 주제와 책을 읽고 확연히 다른 생각을 가질 수 있다는 것을 쉽게 알려줄 것입니다.

책을 읽고 글을 쓴다는 것은 사고력을 키워주고 상식을 넓혀주며 제 자아를 돌아볼 수 있게 해주는 하나의 매개체입니다. 저희도 글을 쓰는 것을 통해서 많은 지식을 쌓으며 깊은 생각을 할 수 있게 되었습니다. 주변의 편리한 생활 때문에 책을 손에서 놓고 얕은 지식, 얕은 생각만을 가지고 살아가는 사람들이 있다면 이 책을 통해 많은 친구들이 책에 좀 더 많은 관심을 갖고 꾸준한 독서 습관을 갖게 되는 계기가 되었으면 하는 바램으로 함께 책을 내게 되었습니다. 많이 부족하지만, 즐겁게 읽어주셨으면 정말 기쁘겠습니다.

김정윤 · 한희정

■ 추천의 글

첫 페이지를 읽기 시작하면서부터 오래 전에 잃어 버려 기억마저 가물가물한 내 중·고등 시절의 일기장을 다시 만난 설렘이 가득했습니다. 설익은 과일 같지만 파릇파릇한 풀처럼 생기 넘치는 두 학생의 글을 정말 신선하게 읽었습니다. 어쩌면 저예산의 독립영화를 볼 때처럼 영상의 조잡함이 오히려 더 큰 이야기의 진솔함을 가져다주는 감동을 그대로 느꼈던 것 같습니다. 덕분에 행복한 10대가 되었습니다.

당시 저는 특정의 주제어에 대한 생각이나 독서후기 형식의 일기를 대학노트에 며칠에 한 번씩 썼습니다. 지금 생각해 보면 유치한 지적 뽐냄이었지만 그 덕분에 좀 더 많은 독서와 사고의 기회를 가졌고, 그 후의 지적 성장과 인격형성의 좋은 밑거름이 되지 않았나 생각합니다. 두 친구들의 독서기록에서도 서툴고 투박하지만 나름 많은 독서와 고민의 시간을 읽을 수 있었습니다. 어른이 아이들을 가르치지만 거꾸로 반복된 일상생활에 찌든 어른들에게 어린 친구들의 때 묻지 않은 생각의 글들은 굳은 감성을 일깨워 주는 것 같습니다.

두 친구들이 펴낸 글이 지금은 많이 서투른 글일 수 있지만 이런 사고, 독서, 글쓰기의 생활을 계속해나가 세상의 소중한 사람으로 살아가고 꿈꾸는 것들이 이루어지기를 글에 대한 감사의 마음으로 기원합니다.

정미화 | 한림대학교 의과대학 교수

정답을 지향하는 한국 사회에서 같은 책을 함께 읽고 다른 생각을 나눈다는 것이 그리 익숙한 풍경은 아닙니다. 치열한 경쟁구도에서 살아남기 위해 하루하루 입시라는 관문을 통과하고자 준비하는 고등학생들 사이에서는 더더욱 보기가 힘들 것입니다. 그런데 여기, 희정이와 정윤이 두 학생이 나눈 생각의 여정들이 있습니다. 책을 읽고 자신의 생각을 정리하는 중에 이미 스스로 성장함을 경험했을 것인데, 다른 사람과 자신의 생각을 공유하는 과정에서 또 한 번의 성장을 거친 셈이 됩니다.

'독후감상'에는 정답이 없음에도 불구하고 많은 사람들이 이를 부담스러워 하는 이유는 아마 자신의 감상이 평가받는다는 생각 때문일 것입니다. 그런 의미에서 이 학생들의 시도는 박수쳐줄 만한 일입니다. 각자의 생각을 서로 나눔으로 사고의 폭이 훨씬 넓어질 수 있다는 사실도 경험했을 것입니다. 이러한 사고의 과정, 감상의 습작들을 바탕으로 앞으로 펼쳐질 이들의 삶의 깊이가 더욱 깊어지고 아름다워 질 것이라 확신합니다.

이들의 '독서행전'에 격려를 보내며 이 책을 읽는 독자들 역시 독서의 새로운 재미와 아름다움을 발견해 나가길 기대해 봅니다.

이원진 | 상모고등학교 교장

글쓰기란 영어나 수학과목과는 달리, 정답이 있을 수 없습니다. 좋은 글이란 기계적인 모범 정답을 피해서 자신만의 개성과 색깔, 향기를 은은하게 담도록 해야 합니다. 그러니까 자신만의 시각과 관점이 드러나야 한다는 얘기입니다. 글쓰기 실력의 배양을 위해 학생들이 독후감이나 느낀 점을 쓰지만 사실, 자신의 관점이 없는 경우가 대부분입니다. 왜 그 글을 쓰는지, 그 시선이 담겨 있지 않은 것입니다.

청소년 여러분들이 자신의 관점을 담은 글을 쓰기란 결코 쉽지 않지만, 그 노하우가 없는 것은 아닙니다. 평소에 독서와 신문읽기를 하되, 항상 비판적 관점을 견지하면서 여러분의 관점을 정리한다면 자연스레 글쓰기의 달인이 될 것입니다. 특히 신문읽기야말로 세상을 비판적인 관점으로 들여다볼 수 있는 최고의 수단입니다. 글쓰기의 목적은 창의적인 사고, 비판적인 시선, 관점 있는 글을 쓸 수 있느냐를 보고 창의성이 풍부하고 아이디어가 많은 사람인지를 가늠해보기 위해서입니다.

글쓰기의 과정은 온전한 인간 성숙의 과정이라고 할 수 있습니다. 책이나 신문을 읽고, 고민하고, 자신의 생각을 정리하다보면 어느새 부쩍 성숙해버린 자신의 모습을 발견하게 될 것입니다. 그래서 이 책은 더욱 의미 있게 다가옵니다. 절친 여고생 두 명이 같은 주제의 글을 놓고 각기 다른 시각과 관점을 갖고서 읽고, 생각하고, 또 자신의 느낀 점을 솔직하게 쓴 이 책이 또래의 많은 친구들에게 세상의 다양한 관점을 경험하는 기회의 공간이 되길 바랍니다.

성일권 ┃ 르몽드 디플로마티크 한국판 발행인(동국대 교수)

정윤이가 1학년 때 창의적 체험활동 교과시간에 만났습니다. 수업시간에 우리는 사진 몇 컷을 놓고 창의적으로 연상하면서 완결된 글을 쓰기도 하고, 자서전과 묘비명을 써보기도 했습니다. 다양한 사회적 이슈를 주제로 독서와 토론과 논술을 통합한 활동도 했습니다.

정윤이의 말과 글 속에는 물론 소질과 재능도 엿보였지만, 무엇보다도 진정성 있는 자기성찰과 관계에 관한 따스함이 스며 있었기 때문에 정윤이가 이공계로 결정했을 때는 아쉬움도 있었습니다. 하지만 기쁨이 더 컸습니다. 이공계는 인문학적 철학과 비전을 바탕을 발전해야 된다는 것이 저의 생각이고, 여기에 정윤이는 적합한 가능성을 가진 친구였기에 기쁠 수 있었던 것입니다.

이 책의 추천서를 부탁받았을 때, 역시 정윤이구나, 흐뭇했습니다. 정윤이의 글에는 인문학적인 가치가 녹아 있습니다. 우정과 같은 관계를 소중히 여기고, 따뜻한 유머와 낭만도 숨 쉬고 있는 것이 정윤이의 글입니다. 다양한 영역과 주제에 대한 애정과 관심, 나름의 성찰과 생각이 있고, 이 생각들에 관한 친구와의 소통과 나눔이 있습니다. 모르는 남들은 이공계 학생이 무엇에 쓰려고 쓸 데 없는 인문학적인 책 따위를 발간하느냐고 의아해하거나 비웃을 수도 있을 것입니다. 하지만 저는 그들을 비웃겠습니다. 이공계를 꿈꾸는 학생일수록 정윤이와 같아야 된다고 생각하고, 그 상징적 징표가 바로 정윤이의 이 책이기 때문입니다.

송정호 ┃ 백암고등학교 국어교사

■ 친구들의 추천평

처음에 정윤이가 책을 낸다는 이야기를 들었을 때 깜짝 놀랐었습니다. 어떤 책이냐고 물어보니 그간 책을 읽고 작성한 독후감과 논설문을 모아놓은 것이라고 하더군요. 그 순간 고등학교 들어와서부터 꾸준히 책을 읽고 독후감을 써오던 정윤이의 모습이 생각났습니다. 어떻게 일일이 독후감을 쓰냐며 놀라곤 했었는데, 어쩌다 한두 번 숙제로 독후감을 쓰는 것은 쉽게 할 수 있는 일이지만 자신의 의지로 책을 읽고 꾸준히 독후감을 기록하는 것은 결코 쉬운 일이 아니기 때문이죠.

요즘 제 주변을 보면 책을 읽는 친구들은 정말 찾기 드뭅니다. 학원숙제를 하느라고 문제를 풀거나 스마트폰을 쥐고 게임에 집중하고 있는 게 대부분이구요. 솔직히 저도 책을 많이 읽는 편은 아니라 말하기 부끄럽기도 하지만 '독서는 모든 면에서 긍정적인 효과가 있다' 는 말에는 전적으로 동의합니다. 스스로 독서하는 것이 어렵다면 친구와 함께 책을 읽고 생각을 나눠보면 어떨까요? 처음엔 지루해서 읽기 싫더라도 같은 책을 읽고 서로 다른 생각을 나누다보면 생각의 폭, 독서에 대한 흥미를 넓히는데 더욱 더 큰 도움이 될 것입니다. 이 책은 이런 친구의 역할을 대신 해줄 수 있다고 봅니다. 단순히 읽고 끝나는 것이 아니라 책과 깊은 소통을 하는 것이죠.

마지막으로, 꾸준한 노력으로 이런 멋진 결과물을 만들어낸 정윤이가 정말 자랑스럽고, 앞으로도 성실하고 본받고 싶은 정윤이를 응원합니다. 파이팅!

안혜진 | 신목고등학교 2학년

어른들이 공부를 잘하려면 독서를 많이 하라는 말에 코웃음 치던 게 엊그제 같은데 역시 어른들의 말은 틀린 게 하나도 없었습니다. 조금이라도 더 어릴 때, 시간이 많을 때 한 권이라도 더 읽어볼 걸 후회하곤 합니다. 이제야 책을 읽어보려 하면 선생님들께선 이미 늦었다며 코앞인 대학부터 가고 읽으라며 한사코 말리셨습니다.

아쉬움을 떨쳐낼 수 없던 순간 그리 길지도 짧지도 않아 부담되지 않는 이 책을 이 책의 작가이자 친구인 희정이를 통해 접하게 되었습니다. 나와 다른 생각들을 읽으며 그저 단어만 외우고 앉아있던 내 머릿속이 살아있음을 느꼈습니다. 또한 이 책 속 등장하는 읽어보지 못한 책들도 읽어보고 싶게 하는 무한매력을 지녔습니다. 많은 친구들이 책과의 대화를 통해 함께 꿈을 키워나가는 데 좋은 계기가 되었으면 합니다.

김수진 | 경인고등학교 2학년

처음 이 책을 접했을 때, 제목을 보고 절친이라면 마음도 맞고, 성격도 맞고 비슷한 생각을 할 것이라고 생각했습니다. 그래서 '아무리 다르게 쓰더라도 자세히 보면 근본적인 생각이라도 같지 않을까?' 했지만 둘은 달랐습니다. 둘은 분명 다른 생각을 가지고 각각 자신들만의 관점으로 책을 읽었던 것입니다. 그 예로 마이클 센델의 '정의란 무엇인가'를 두고 두 친구들은 '정의'에 대해 글을 썼습니다. 한 친구는 다수를 위해 소수의 불행이 인정되는 공리주의를 보고 정의란 없다고 이야기했으며, 또 다른 친구는 소수의 불행이 인정되는 것은 아니지만 성인들끼리 많은 이야기와 의견들을 거치고 다수를 위해 희생하는 것은 공리주의 입장에서 보면 정당했다고 말하고 있었습니다.

저는 두 친구들이 쓴 글을 보고 많이 생각을 해 보게 되는 시간을 가질 수 있었습니다. 한 생각, 시점을 가지고 책을 읽으면 그 생각만 하고 내 생각만 옳다고 생각했을 텐데 이 책을 읽을 때 이 두 친구들의 생각과 저의 생각을 비교해 보면서 '한 이야기를 나와 다른 관점으로도 볼 수 있구나' 라고 느낄 수 있게 되었습니다.

조민지 | 백암고등학교 2학년

요즘 우리 고등학생들은 책을 읽을 시간이 별로 없습니다. 아니 별로 없다기보다 시간이 없다는 핑계를 대고 잘 읽으려 하지 않습니다. 평소에 관심은 있지만 책을 잘 읽지 않는 고등학생들에게 이 책은 인문, 과학, 문학, 시사 등 다양한 분야의 책들에 대한 고등학생 여고생의 생각이 담겨있습니다. 이 다양한 생각들과 당신의 생각을 공유해볼 바랍니다. 나와 생각이 비슷하다면 공감할 수 있고 다르면 그 차이를 인정하고 받아들일 때에 생각이 더욱 더 성숙해 질 수 있을 것입니다. 평소 책이 무겁게만 느껴졌다면 이 책은 가볍게 즐길 수 있는 책이니 이 책을 읽고 무언가를 얻어갔으면 하는 바램입니다.

양승욱 | 경인고등학교 2학년

intro

고등학생, 마침내 출발선에 서다.

"내가 세계를 알게 되니, 그것은 책에 의해서였다."

-사르트르-

磨斧爲針 마 부 위 침
斷金之交 단 금 지 교

정윤이

    2011년 신묘년 새해가 밝았다. 이제 고등학생이 되는 나는 새해를 맞이하며 의미 있는 한 해를 보내기로 계획하였다. 올해의 목표를 뜻 있는 사자성어로 정하였다. 첫 번째는 '마부위침(磨斧爲針)'이라는 성어로 '아무리 이루기 힘든 일도 끊임없이 노력과 끈기 있는 인내로 성공하고야 만다'는 뜻을 지니고 있다. 두 번째는 '단금지교(斷金之交)'라는 성어로 '쇠를 자를 정도로 절친한 친구 사이'를 일컫는다.

    새해에는 우선 나의 몸가짐을 바르게 하는 것이 중요하다. 철저한 시간 관리를 통해 주체적인 생활을 해야 한다. 이것을 제대로 실천하기 위해서는 평소에 절제를 잘 하지 못하고 있는 컴퓨터 하는 시간과 잠 자는 시간을 줄여야 한다. 또 많이 부족하다고 느끼는 체력을 기르는 운동을 해야 한다.

    바른 생활도 중요하지만 고등학생이 되는 나에게 공부도 그만큼 큰 비중을 차지한다. 공부가 비록 어렵고 힘들더라도 포기하지 않고 내가 원하는 성과를 이루어내고 싶다. 이과 쪽으로 꿈을 갖고 있기 때문에 수학과 과학에 많은 노력을 기울일 것이고, 언수외는 1등급을 목표로 공부할 것이다. 생활 면과 학습 면에서 '마부위침(磨斧爲針)'이라는 성어를 생각해 냈다. 평소에는 작심삼일(作心三日)이던 내 습관을 올해부터는 인내심을 가지고 고쳐나갈 것이다.

고등학교에 입학하는 첫 날, 가장 두려운 것은 새로 만나는 친구들과의 관계다. 하지만 나는 친구를 많이 그리고 가볍게 사귀지 않고, 적은 소수라도 진실되고 깊게 사귀고 싶다. '단금지교(斷金之交)'라는 사자성어가 있듯이 몇 년이 지나도 변하지 않고 항상 곁에 있어주는 정말 단단한 우정을 키울 것이다. 조금만 시간이 지나면 금방 깨져버리는 우정은 키우고 싶지 않다.

2011년이 되었으니 나도 나의 생활에 변화를 주어야 한다. 철저한 시간 관리와 포기하지 않는 끈기, 그리고 끝까지 이어지는 우정을 만드는 것이 올 한 해의 목표이다. 특히 계획만 세우고 실천을 잘하지 못하므로 무엇보다 끈기 있게 실천하는 나를 만들기 위해 노력할 것이다. 마부위침(磨斧爲針)과 단금지교(斷金之交)의 자세로 고등학교를 시작하고 잘 마무리해 유종의 미를 거둬야겠다.

愚公移山 우 공 이 산
四面春風 사 면 춘 풍

희정이

　　나에게도 17살이라는 때가 왔다. 2011년에는 새로운 학교도 들어가고 여러 가지 기대가 된다. 올해 목표인 사자성어는 '우공이산(愚公移山)'으로 정했다. '우공이산(愚公移山)'은 우공이 산을 옮긴다는 말로, 남이 보기엔 어리석은 일처럼 보이지만 한 가지 일을 끝까지 밀고 나가면 언젠가는 목적을 달성할 수 있다는 뜻이다. 어리석어 보이는 일도 성실히 노력하면 된다는 말로, 나에게 자신감을 북돋아주는 사자성어라 정말 마음에 든다.

　　모든 일에 최선을 다하여 끝까지 확실히 하자. 나에게 용돈 기입장은 3개나 있다. 이들 용돈 기입장 3개의 공통점은 뒤가 모두 깨끗하다는 점이다. 올해는 제발 한 개라도 끝내고 싶다. 그리고 매일 매일 마음 먹는 것 중 하나인 옷걸이 정리, 아무렇게나 걸쳐져 있는 옷걸이를 볼 때마다 '치워야지'하면서도 안 치운다. 작은 것들이지만 끝까지 확실히 하자. 그런 의미에서 고른 것은 '계포일낙(季布一諾)'이다. '계포일낙(季布一諾)'의 마음으로 한 번 한 약속을 이뤄나가야겠다. 또한 '고진감래(苦盡甘來)'는 '쓴 것이 다하면 단 것이 온다'라는 뜻으로, 고생(苦生) 끝에 낙이 온다라는 말이다. 공부할 땐 게으름 피우지 말아야겠다. 고등학교에 가면서 공부 방법에 대한 연구를 해 보았다. 우선 게으름은 부리지 말고, 오늘하기로 마음먹었던 공부는 내일로 미루지 말자는 것이다. 처음엔 힘들겠지만 나중엔 좋은 성과가 있길 바라며 선택한 사자성어는 '고진감래(苦盡甘來)', 고생 끝에 낙은 올 것이다.

항상 웃으면서 밝게 인사하기. 어쩌다 기분이 좋지 않은 일이 생겨서 짜증이 나서 하소연하고 싶을 때 침착하게 상황을 말하고 조언을 구하는 것이 무턱대고 짜증내는 것보다 낫다고 생각한다. 내 기분이 안 좋다고 다른 사람 기분까지 망치는 우를 범하지 않아야겠다. 그리고 항상 웃으며 먼저 인사하자. 그러면 상대방도 나도 기분이 좋을테니까. 나에게 되도록 적은 만들지 말자. '사면춘풍(四面春風)'은 사면이 봄바람이다는 뜻으로 언제, 어떠한 경우라도 좋은 낯으로 남을 대한다는 의미이다. 나도 고등학생이 된 만큼 항상 좋은 얼굴로 남을 대하기 위해 노력해야겠다.

일상적이고 사소한 것이지만 꾸준히 실천한다면, 즉 '우공이산(愚公移山)'한다면 '고진감래(苦盡甘來)'일 것이다. 책상에 '우공이산(愚公移山)'이라고 붙여 놓아야겠다. 2011년도 드디어 고등학생이 되다. 한희정 파이팅 !

제1부

같은 책, 다른 생각

제1부는
같은 책을 읽고 난 정윤과 희정의 서로 다른 생각을 만나보실 수 있습니다.

"독서는 과거의 가장 훌륭한 사람과 대화하는 것이다."
−데카르트−

아름다움은 '공감'이 결정한다.

책제목 : 그림공부, 사람공부
출판사 : 앨리스 · 지은이 : 조정육

정윤이

　　인류가 탄생하고부터 현재까지 이어져 내려오는 것이 있다. 바로
그림이다. 사람들은 예술 작품인 그림을 보면서 아름답다고 하기도 하고 별로
라고 느끼기도 한다. 사람들마다 각자 미의 기준이 다르기 때문일 것이다. 나에
게 예술작품에서의 아름다움은 공감이다. 내가 현재 느끼는 마음과 예술작품이
그려진 당시 작가가 느꼈을 마음이나 생각이 통했다고 느꼈을 때 나는 그 작품
을 아름답다고 일컫는다.

　'조정육'의 '그림공부, 사람공부'는 동양의 수 많은 예술작품들을 해설하고, 저
자가 직접 평가 내린 글들로 이루어져 있다. 이 책에는 굉장히 다양한 동양 그
림들이 등장하는데 가장 마음에 드는 작품은 '팔대 산인'의 [팔팔조도]였다. [팔
팔조도]는 뚜렷하게 작품을 그린 것이 아니라 먹에 물을 많이 섞어 넣어 넓은 붓
으로 윤곽선 없이 그리는 발묵법을 사용하였다. 이 책의 저자이자 해설자는 '한
마리의 새를 그렸다기 보다는 자신의 생각을 그렸다고 말할 수 있다.'라고 하였
다. 실제 이 그림을 보면 굉장히 단순한 새의 모습을 하는 것 같으면서도 푹 숙

인 머리, 조용히 감은 눈 등을 보면 마치 작가가 고뇌하는 듯한 모습을 느낄 수 있다. 마치 작가가 새가 되어 고독을 느끼듯이 작가는 새를 통해 자신의 현재 마음 상태를 표현하려 한 것 같다.

  서양 그림을 보면 굉장히 색도 다양하고, 세밀하게 묘사한 것이 많다. 그에 반해 동양 그림은 일부러 여백을 만들어 놓기도 하고 붓 하나로 그림을 완성시키기도 한다. 서양은 실용적이고 꼼꼼한 것을 강조하려는 반면, 동양은 비우고 또 비우려는 것 같다. 나에게 동양 그림과 서양 그림 중 더 아름다운 것을 선택하라면 동양 쪽을 선택할 것이다. 물론 내가 동양인이어서 그러한 면도 있겠지만, 나는 무엇보다 공감을 중시한다. 동양 그림의 여백을 보며 수 많은 사람들이 제각기 다른 생각을 할 것이다. 하지만 그 생각들이 어우러져 또 다른 공감을 만들고, 그 공감들이 모여 어우러질 수 있다. 그림은 작가와 작품, 그리고 감상자가 서로 공감을 할 때 비로소 아름다움이 드러나는 것이다.

'아름다움'은 개인마다 다르다

책제목 : 그림공부, 사람공부
출판사 : 앨리스 · 지은이 : 조정욱

희정이

　'그림공부, 사람공부'에는 여러 종류의 그림 작품과 더불어 그림의 해석, 작가의 생애까지 나오기 때문에 그림을 이해하는데 쉬웠다. 하지만 내가 스스로'아름답다'라고 느끼는 작품은 별로 없었다. 예술작품에서 '아름다움'이란 개인마다 다르다. 어떤 사람은 화법이나 테크닉이 훌륭하여 아름답고 느낄 수도 있고 어떤 사람은 자신의 감정과 일치할 때 아름답다고 느낀다. 이처럼 아름답다는 말은 상당히 주관적이다. 결국 아름답다는 것은 자신만의 기준을 통해 공감이 되면 아름다운 것이 된다. 화려한 테크닉을 보고 아름답다고 느끼는 사람은 기준이 겉모습에 있는 것이다.

　예술작품을 볼 때 가장 주안점을 두는 것은 사람마다 다르겠지만 나는 작가가 그 작품을 왜 만들었는지 창작동기가 중요하다고 생각한다. 무엇을 보고 감명을 받았다던지, 누구를 위해 만들었는지를 중시한다. 그래야 작품을 이해하기도 수월해지고 공감할 수 있는 사람들이 늘어나기 때문이다.

책의 여러 작품 중에서 이경윤의 [조옹도]가 아직도 가슴 속을 떠나지 않는다. 그림의 주인공 강태공이 희망을 가지고 기다리던 삶이 나에게 큰 인상을 주었다. 강태공은 자신을 알아봐주는 사람이 찾아올 때까지 70년을 기다렸고, 알아봐 주는 사람을 만나 새로운 인생을 시작하게 되었다. 하지만 아쉬운 점은 요즘 같이 빠르게 변화하는 시대에 마냥 기다리기만 해서는 안될 것 같다. 자신도 직접 발로 뛰고 노력해야 알아봐주는 사람도 생기고 그럴 것 같다. 그래도 중요한 점은 희망을 잃지 않았다는 점이다.

동양그림에서는 여백이 많다. 그 여백이 공허함을 주는게 아니라 오히려 적당히 꽉 찬 느낌을 준다. 그러나 색깔이 한정되어 있어서 자신의 마음을 표현하기에 한계가 있는 것 같다. 반면 서양화는 그림에 여백이 없이 꽉 채우려는 경향이 있고 색이 다양하다. 표현력 부분에서는 서양화가 더 작가의 느낌을 정확히 전달해 주는 것 같다.

이 책은 '그림책'이다. 그리고 그림을 통해 감동을 주었다. 단순한 그림책은 아닌 듯 하다. 그림이라고는 전혀 볼 줄도 모르고 안목도 없던 나에게 꽤나 큰 흥미를 주었다.

줄거리

동양화에 들어 있는 우리 고유의 정신과 사상을 살펴보는 책으로, 옛 사람들이 지나간 길을 되짚어가며 인생의 지혜를 배우고자 한다. 동양 미술을 꾸준히 연구해온 저자는 그림을 감상하고 이해하는 데 필요한 기본적인 지식을 제공할 뿐 아니라, 그에 얽힌 과거 사회와 문화의 이야기 등을 다양하게 풀어내며 그림에 숨겨진 삶의 의미들을 들려준다.

자유와 행복이 보장되면 정의이다

책제목 : 정의란 무엇인가
출판사 : 김영사 · 지은이 : 마이클 샌델

정윤이

　　해가 넘어가도 인기가 식을 줄 모르는 마이클 샌델의 '정의란 무엇인가'에 어떤 내용이 담겨 있을지 궁금해서 책을 구입하였다. 이 책은 여러 가지 흥미 있는 사례를 들어 이해를 돕고 있다. 마이클 샌델은 무엇을 정의라고 생각했을까.

　마이클 샌델은 정의를 행복, 자유, 미덕으로 분류했다. 나는 이 중에서 정의를 만들기 위해서는 자유와 행복이 제일 중요하다고 생각한다. 극단적인 예로 아프가니스탄의 염소치기라는 사건이 나오는데 이 사건은 자유와 행복은 배제하고 미덕을 지키려다 자신의 목숨을 잃은 사건이다. 사람은 누구나 자신을 지키고 싶어 한다. 도덕을 지키고 싶더라도 자신의 행복과 자유가 피해를 입는다면 그것은 진정한 정의가 아니다.

　다수의 행복을 위해 소수의 불행이 인정된다는 공리주의를 마이클 샌델은 또 여러 예시를 들어 설명했다. 바다에 표류된 배에 있던 사람들이 자신들의 목숨을 보존 하기 위해 약한 소년을 죽여서 그를 먹는다. 다수가 살고 소수가 죽었으니 공리주의적으로 보면 그들을 무조건 인정해 줄 수 있을 것인가? 내 대답은 '아니오'이다. 아무리 다수가 산다고 해도 상대방의 자유 즉, 허락 없이 상대방을 살해한다면 정의가 성립될 수 없다. 공리주의 또한 정의가 받쳐준 상태로 인정되어야 한다.

장자연 사건이나 일본의 대지진만 봐도 이 세계에서 정의는 제대로 실천되지 않고 있다. 아니, 아예 없다고 보는 것이 맞다. 힘 센 사람들은 무서워 벌벌 떨며 죽은 자의 권리를 마구 짓밟고 그에 항의하는 사람들도 짓밟는다. 또한 가난한 나라라고 돕지도 않다가 강대국이 문제에 닿으니 적극적으로 변해버리는 것은 무슨 경우인가 망가질 대로 망가져 정의가 무엇인지조차 모르는 사람들을 위해 마이클 샌델은 우리에겐 없어서는 안 될 존재가 되어버렸다.

미덕 없이 정의 없다

책제목 : 정의란 무엇인가
출판사 : 김영사 · 지은이 : 마이클 샌델

희정이

　　하버드 최연소 교수로 들어온 마이클 샌델이 쓴 '정의란 무엇인가'의 판매 부수가 100만 부를 훌쩍 넘겼다고 한다. 정말 어려운 질문을 마이클 샌델이 어떻게 풀어나가는지 궁금했다. 그리고 서점마다 불티나게 팔리고 있는 이유도 알고 싶었다.

　　옳은 일을 하는 것은 꽤 힘들다. 슈퍼맨 같은 초특급 영웅이 정의에 불타오르지 않는 이상 정의를 있는 그대로 실천하는 것은 쉬운 일이 결코 아니다. 그런데 그 정의도 어렵다. 자유를 추구하는게 정의일 수도 있는 것이고 혹은 행복, 미덕이 자유가 될 수 있다. 내가 봤을 땐 미덕이 정의의 기준인 것 같다. 미덕 즉 도덕적으로 행동하면 행복도 얻을 수 있고 더 나아가 자유로울 수도 있다. 하지만 도덕적으로 행동하는 것이 어지간히 쉬운 게 아닌 것 같다.

　　공리주의는 사람들이 필요할 때만 공리주의를 외치며 포장하는 것 같다. 자신들이 이익을 보고 그것이 정당화하기 위해 써먹는 것처럼 귀에 걸면 귀거리, 코에 걸면 코걸이 식이다. 또 어떻게 보면 매우 필요한 것이기도 하다. 여러 사람이 행복한 것이 좋기는 한데 한 사람이 죽으면서까지 그렇게 하는 것은 아니라고 생각한다. 제일 어리다는 이유로 잡아 먹힌 소년만 불쌍할 뿐이다. 하지만 그 규모가 커진다면 생각해 볼 수 있다. 일본에서 시민들이 방사능에 유출되지 않기 위해 50명 정도의 사람들을 원자력 발전소에 투입했다. 50명이 희생하고 1억 명이 산다면, 공리주의 입장에서 보면 정당할 수도 있다. 그렇지만 50명의 희생은 어떻게 할 것인가?

자유와 행복만으로는 정의를 말하는 것은 부족하다. 우리나라의 경우를 보더라도 대기업과 중소기업간 이익 분배를 둘러싼 갈등이나 사회적 부를 가진 사람들의 모럴 해저드는 지나친 탐욕에서 비롯되었다고 볼 수 있다. 자유와 행복을 충분히 누리고 있는 소수를 위한 자유, 소수를 위한 행복만으로는 진정 정의로운 사회라고 얘기할 수 없을 것 같다. 가진 자의 미덕이 필요한 현재의 상황으로 볼 때, 진정한 정의는 공동체에서 서로 서로 미덕을 베풀 때 달성되리라 본다.

줄거리

이 책은 정의의 의미를 찾는 서정적 탐사이며, 정치 성향에 상관없이 모든 독자에게 그동안 익히 들어온 논쟁을 새롭고 명쾌한 방식으로 고민해보라고 권유한다. 샌델은 이러한 논쟁에서 극적이고 도전적인 발상을 선보이면서, 철학을 이해하면 정치와 도덕 그리고 자신의 신념을 분명하게 알게 된다는 것을 확실히 보여준다.

동양과 서양, 둘 다 옳은 것이다.

책제목 : 생각의 지도
출판사 : 김영사 · 지은이 : 리처드 니스벳

정윤이

　　특정한 현상이 발생했을 때 그것을 받아들이는 다양한 시각을 사고방식이라고 한다. 인간은 개개인마다 다양한 사고방식을 가지며, 그에 따라 나타나는 문화도 결과도 달라진다. 사고방식이 달라지는 이유는 그들이 자라온 환경일 수도 있고, 주변에서 받거나 들여오는 새로운 문화에 의함이기도 하다. 지구의 사고방식을 크게 분류하자면 동양과 서양으로 나눌 수 있다.

　　서양의 사고 방식을 한 마디로 표현하자면 '개인'이다. 대표적인 예로, 자기소개와 신문기사를 들 수 있다. 서양인은 자신을 소개할 때 '나는 근면하다. 나는 ~하는 것을 좋아한다.'등 개인과 관련된 이야기를 많이 한다. 동양인은 '나는 가족이 몇 명이고, ~직장에서 근무한다' 등 자신의 주변 상황에 많이 연관지어 자신을 소개한다. 신문기사도 마찬가지로 '지도 교수와의 불화 때문이다. 학교 내의 치열한 경쟁 때문이다' 등 사회적 상황을 중요시하는 상황론에 더 기울어져 있다.

이렇게 정반대의 모습을 보이는 동양과 서양의 원인 중 사고방식 이외의 또 다른 원인은 자연환경이다. 중국은 농경에 알맞은 환경이라 농사를 지으며 서로의 화목함을 중시했지만 그리스는 산지가 많아 목축, 사냥 등을 하여 다른 이와의 협동은 그다지 중요하게 여기지 않았다. 그러한 문화들이 차츰차츰 서양에 퍼져 현재 이러한 차이를 발생 시킨 것이다.

　하지만 우리는 이 차이를 두고 누가 옳은지는 결정할 수 없다. 동양은 동양 나름대로, 서양은 서양 나름대로의 문화를 가지고 있는 것이기 때문이다. '누가 옳다, 그르다.'라는 주장 보다는 함께 나눌 수 있고 공존하는 모습이 더욱 의미 있고 필요한 일이다. 그렇게 공존하는 모습이 성립되어야 진정한 지구촌과 같은 세계화가 만들어질 것이다.

사고방식과 환경이 동양과 서양의 차이 가져와

책제목 : 생각의 지도
출판사 : 김영사 · 지은이 : 리처드 니스벳

희정이

사람은 살면서 자연스레 자신만의 사고방식이 자리잡는다. 어떤 사고방식을 가지고 있느냐에 따라서 그 사람의 행동을 비롯해 모든 것이 달라 질 수 있다. 사람마다 사고방식이 다르기 때문에 이 세상은 다양한 사람이 존재한다. 이처럼 개개인의 사고방식이 차이가 나는 이유는 그 사람이 속해 있는 환경, 그에 따른 문화, 역사가 다르기 때문이다. 세계는 넓고 많은 사람들이 존재하지만 지역마다 환경이 다르고 지내온 역사가 다르기 때문에 발전된 학문이 다르고 발전되지 못한 부분이 달라지게 된다.

서양 사람들은 동양인에 비해 범주화하려는 경향이 강하다. 닭, 소, 풀 중에 하나로 묶는 과정을 시켰을 때 서양인은 닭과 소를 하나로 묶는다. 같은 분류 체계에 속하는 것을 묶었다는 것을 알 수 있다. 이렇듯 서양인은 범주를 지배하고 규칙을 사용하는 것이 자연스럽다. 그렇기 때문에 동양에서보다 훨씬 수학, 과학이 발달할 수 있었다.

동양인은 닭, 소, 풀을 주고 하나로 묶으라고 하면 대부분 소와 풀을 묶는다. 동양인은 서양인에 비해 관계적 이유를 더 중요시함을 알 수 있다. 동양인의 경우는 규칙과는 무관한 사물들 간의 표면적인 유사점에 영향을 많이 받는다. 책을 보면서 나도 분류를 해봤는데 너무도 당연히 소와 풀을 지목했다. 내가 서양인이라도 똑같이 분류를 했을까? 처음에 닭은 아예 보지도 않았던 나에게 옆에 있던 친구가 "닭이랑 소는 같은 동물이잖아!"라고 했다. 그제서야 닭이 포함되어 있는 이유를 알았다.

동·서양의 차이의 근본적인 이유는 사고방식 뿐만 아니라고 생각한다. 자신이 접했던 책이나 영화가 차이를 일으킨다. 홍콩이나 중국에선 무협영화가 인기를 끌었지만 서양에서는 카우보이가 등장하는 영화가 흥행했다. 사고방식이 같은 사람이라도 자신이 훨씬 많이 접했던 것이 자연스레 자리 잡는 것이다. 어쩔 수 없이 똑같은 동양인이 만든 영화에 똑같이 반응할 것이다. 그리고 물건을 좀 바꿔도 사고방식은 달라진다. 예를 들면 가위나 빗자루를 오른손잡이를 위해만 만드는 우리나라도 왼손잡이가 편안하게끔 만들면 오른손잡이만 좋다는 사고방식을 버릴 수 있다.

줄거리

공자의 후손들과 아리스토텔레스의 후손들 사이에는 풍수 사상에서 형이상학에 이르기까지, 언어에서 상업적 전통에 이르기까지 커다란 차이가 존재한다. 그러한 차이를 이해하는 것이 어느 때보다 중요해진 오늘날, 이 책은 그 차이를 이해하는 길로 안내하는 지도로서, 동시에 그러한 차이를 연결하는 교량으로서의 역할을 훌륭하게 해낼 것이다.

일상의 행복과 정신적 공허함

책제목 : 이발소 거울
출판사 : 창비 · 지은이 : 구효서

정윤이

　　구효서의 단편소설인 '이발소 거울'에 등장하는 주인공은 20년 동안 다니던 이발소가 한순간에 사라진 모습을 보고 충격을 받는다. 일상이 되어버린 이발소가 갑자기 사라지니 굉장히 섭섭하고 서운했을 것이다. 그렇게 이발소에서의 추억을 되살리며 이발소를 그리워하기를 며칠 째, 그리고 그 며칠이 지난 후, 이발소를 운영하던 주인 아저씨를 만나게 되고 새롭게 이발소를 차리는 모습을 본다. 새로운 이발소는 화려하고 세련되게 바뀌었고 주인공은 돌아온 이발사에게 감사함을 느낀다.

　　약 십 년 전, 할아버지와 함께 이발소에 가본 적이 있다. 직접 들어가보지는 않고 근처만 서성거렸는데 마치 70~80년대의 모습을 보고 있는 기분이 들었다. 그 당시에 백화점에 있는 미용실에 다니고 있어서 이발소의 오순도순하고 정겨운 풍경이 생소하기도 하고 정다워 보이기도 했다. '이발소 거울'을 읽으면서, 이 소설에 등장하는 이발소가 어릴 적 스쳐가듯이 본 이발소의 모습과 비슷하게 느껴졌다.

예전이나 지금이나 내가 미용실에 가는 것은 변함이 없지만, 한 번쯤은 이발소에 가보고 싶다. 손님도 굉장히 많고 화려한 헤어 디자이너들이 근무하는 미용실이 아닌 옆 동네 아저씨같은 친근함과 서툰 가위질 등 어설프면서도 정겨운 그 모습을 경험해 보고 싶다. 그래서 가끔은 크고 북적거리는 미용실이 아니라 작은 동네에 의자가 한 두 개 뿐인 미용실에 가곤 한다. 그 작은 공간에서 머리를 자르며 주인 아줌마, 아저씨와 가벼운 대화도 하고 따뜻함도 나눌 수 있기 때문이다.

　주인공이 20년을 경험한 것도 사소함과 정이다. 이러한 것들로부터 일상의 행복을 느꼈고, 어느새 분신이자 동반자가 되어 버린 작고도 소소한 이발소가 없어져 크나큰 충격에 빠졌던 것이다. 한편, 이발사는 창문을 통해 분주히 사는 주인공의 모습에 시대적인 공허함을, 주인공은 텅 빈 이발소의 이발사 모습을 보며 정신적인 공허함을 느끼며 서로의 존재를 확인한다. 이렇게 작은 일상으로 깨달음도 얻고 인생의 깊이도 느낄 수 있다는 것을 이 소설과 이발소를 통해 알게 되었다.

우리 아빠와 이발소

책제목 : 이발소 거울
출판사 : 창비 · 지은이 : 구효서

희정이
　　건강 보조식품점을 운영하는 '나'는 20년간 다녔던 이발소가 문을
닫은 것을 알고 이발소 주인에 대한 영문을 알고 싶어 했다. 하지만 며칠 후 이발
소가 새로 인테리어를 하고 다시 개업을 해서 크게 기뻐하였다. '나'는 알게 모르
게 힘든 일이 있을 때에 항상 옆에 있어준 이발소에 기대고 있었는지도 모른다.

　　우리 동네에도 이발소가 있다. 그 이발소 주인 아저씨와 우리 아빠는 서로 엄
청 친하시다. 아빠는 종종 나에게 길에서 이발소 주인 아저씨를 보면 꼭 인사하
라고 당부하신다. 아빠 말씀으로는 자기는 미장원에 가기 민망하다며 같이 미장
원 가자고 해도 굳이 이발소에 가신다. 남동생 보고도 "남자는 이발소지!"라고
하시며 억지로 데려간 적도 있으시다. 그날 머리를 깎은 남동생은 스스로 불만
족스러운 모습이었지만 아빠 눈에는 엄청 잘생겨 보이셨나 보다.

　　그렇게 아빠는 한 이발소만 다니신다. 아마 10년쯤 되었을 것이다. 그렇게 이
발소는 잘 변하지 않고 묵묵히 자리매김을 하고 있다. 하지만 미장원은 그렇지

않은 경우가 대부분이다. 예외적으로 오랫동안 있어온 미용실도 있지만 대부분의 미용실은 주인도 자주 바뀌고 간판도 자주 바뀐다. 이발소가 편지라면 미용실은 핸드폰 같은 느낌이다. 하지만 이발소는 남자들의 수다공간이고 미용실은 여성들의 수다공간이 되는 점은 비슷하다.

'이발소 거울'에서 '나'는 '나를 기억하는 사람이 없어진다는 것은 내가 없어지는 것과 같다' 라고 했다. 20년간 다녔던 이발소가 어느새 자신의 삶에 동반자가 되었고 그래서 또 이발소 주인이 자신을 기억하고 있으리라 생각했던 것이다. 이발소가 다시 개업하자 이발소 주인도 주인공에게 고맙다고 했고 '나'도 주인에게 고맙다고 했다. 암묵적으로 그들은 서로의 존재를 인식하고 의지했던 모양이다. 비록 사소한 사건이지만 그들에게는 인생의 깊이가 느껴졌다. 나도 이미 내 마음속에서 나도 모르게 의지하고 거울이 되어 주는 것이 있을지도 모르겠다.

줄거리

주인공은 어느 날 자신이 20년 동안 다니던 이발소가 갑자기 문을 닫게 된 것을 발견 하였다. 이발소를 20년 동안 다니면서 마음에 안식처가 된 주인공은 아쉬운 마음에 없어진 이발소 주인을 찾고자 한다. 결국 이발소 주인과 대화를 할 수 있게 되었고 이발소 주인도 나이가 있는 터라 더 이상 일을 할 수가 없었지만 매일 창문 밖에서 주인공이 장사를 열심히 하는 모습을 보면서 다시 힘을 낼 수 있게 되었다고 했다. 결국 둘 다 서로의 열심히 생활하는 모습을 보며 하루를 산 것이다.

세상은 뫼비우스의 띠이다.

책제목 : 뫼비우스의 띠
출판사 : 창비 · **지은이 : 조세희**

정윤이

'뫼비우스의 띠'란 종이를 한 번 꼬아 붙여 안과 겉을 구별할 수 없게 만든 것이다. 조세희의 '뫼비우스의 띠' 또한 이를 주제로 우리 사회의 모습 즉, 현실에서 구분할 수 없는 안과 겉의 모습을 보여준다. 이야기 첫 부분에 등장하는 수학 선생님은 '굴뚝 청소를 하고 나온 두 아이 중 얼굴이 더럽게 된 한 아이와 얼굴이 깨끗한 한 아이 중 어느 아이가 씻을 것인가'라는 질문을 던진다. 답은 얼굴이 깨끗한 아이였다. 그 아이는 얼굴이 검은 상대방을 보고 자신도 마찬가지일 것이라고 생각했기 때문이다.

나는 얼굴이 검은 아이와 깨끗한 아이의 기준을 정해 보았다. 얼굴이 검은 아이는 얼굴이 검게 될 정도로 노력을 한 모습이고, 얼굴이 깨끗한 아이는 똑같이 주어진 상황에서 아무 노력도 하지 않아 검은 재조차 묻지 않은 모습이다. 결국 이 둘은 서로의 모습을 보게 되고, 얼굴이 검은 아이는 얼굴이 깨끗한 상대방의 얼굴을 보고 아직 부족하다고 느껴 더욱 노력할 것이다. 그리고 얼굴이 깨끗한 아이는 그 자리에 멈출 것이다.

두 번째 이야기에 등장하는 앉은뱅이와 꼽추는 부동산 거간꾼에 의해 땅을 헐값에 팔고 몇 배로 땅 값을 띄워 자신들의 땅을 판 부동산 거간꾼을 살해한다. 이 이야기에서 누가 얼굴이 검고 깨끗할까? 답은 '둘 다 깨끗한 얼굴'이다. 초반에는 순수하게 자신들의 노력으로 얻은 땅을 빼앗기다시피 팔려 얼굴이 검은 듯했으나, 후반에 돈을 다시 얻기 위해 부동산 거간꾼을 납치하고 살해하는 순간 그들의 얼굴에 있던 재는 씻겨 내려갔다. 부동산 거간꾼은 초반부터 깨끗한 얼굴로 속사정을 뻔히 알면서도 가난한 이들의 땅을 사들인다. 끝에서 결국 살해를 당하지만 이를 보고 검은 얼굴이라고 볼 수는 없다.

결국 이 이야기는 뫼비우스의 띠를 잘 묘사하여 누가 피해자고 가해자인지, 누구의 얼굴이 검고 깨끗한지 구분할 수 없게 하였다. 세상에는 이처럼 뫼비우스의 띠가 많이 존재한다. 자신의 위치나 상황을 제대로 파악하여 적어도 뫼비우스의 띠 위에서 검은 얼굴만큼은 벗어나지 않도록 노력해야 할 것이다.

뫼비우스 띠 안에 있는 박원순

책제목 : 뫼비우스의 띠
출판사 : 창비 · 지은이 : 조세희

희정이

깨끗한 얼굴과 검은 얼굴의 개념은 사람마다 다르다. 깨끗해질 가능성이 검게 될 가능성 보다 큰 사람은 결국 깨끗한 얼굴이라 생각한다. 즉, 앉은뱅이와 꼽추는 그들의 상황이 나빠질대로 상황은 나빠졌다. 그래서 더 검게 될 확률보다 깨끗해질 확률이 크기 때문에 그들은 검은 얼굴이다. 반면에 부동산 거간업자는 현 상황이 좋다. 돈도 많이 벌리고 있고 더 많이 벌릴 수도 있다. 하지만 악화될 가능성이 앉은뱅이와 꼽추보다 크므로 부동산 거간업자는 깨끗한 얼굴이다. 그렇게 검은 사람이 깨끗해 지고 깨끗한 사람이 검게 되고 계속 반복적이게 된다. 결국 그것은 모두 연관 되어져 있고 하나의 뫼비우스의 띠 속에 있는 것과 같다.

이렇게 상호적인 연관성이 있으므로 진실을 접근 할 때에 조심해야 하겠지만 한편으로는 두려워할 필요는 없다. 어차피 검은 얼굴과 깨끗한 얼굴이 서로가 서로에게 영향을 주고 있다. 진실을 접근할 때 다른 사람들에게 최대한 악영향을 끼치지 않도록 하되 그 결과를 두려워 해서는 안 된다. 이것이 지식인들이 할

일 인 것 같다. 가끔가다 폭력적인 지식인을 볼 수 있는데 그들은 '다른 사람들에게 최대한 악영향을 끼치게 하지 말자'라는 자신의 역할을 모르는 것이다. 설령 알더라도 모르는 척 하는 것일 수도 있다.

　최근 서울시장 박원순이 뉴타운 건설을 전면 중단했다. 그 이유는 대부분 주민들이 세 들어 사는 사람들이기 때문이다. 만약 뉴타운 건설이 시작된다면 세 들어 사는 대부분의 주민들은 쫓겨나게 되고 악영향을 받는다. 그래서 박원순 시장은 지식인으로서 뉴타운 건설이 낳은 피해자가 최대한 생기지 않게 하기 위해서 뉴타운 건설 예정 사안을 중지 한 것 같다. 이러한 결정을 내렸으면 두려워하지 말고 실천하는 일만 남았다.

줄거리

작가는 수학 교사의 우화적인 이야기를 통해, 뫼비우스의 띠의 문제를 핵심적으로 부각시키며, 그것이 암시하는 바 즉, 세상 만물은 뫼비우스의 띠처럼 앞과 뒤를 구분할 수 없는, 다시 말해서 우리가 사실 혹은 진실인 것처럼 믿는 것이 실상은 그렇지 않을 때가 있다는 것, 따라서 현실에 대한 엄정한 비판적 안목이 필요하다는 것을 말해 주고 있다.

문화수수께끼와 문화차이라는 말

책제목 : 부시맨과 레비스트로스
출판사 : 풀빛 · 지은이 : 최 협

정윤이

　　최 협 교수의 '부시맨과 레비스트로스'는 문화를 인류학에 비추어 풀어 놓은 시사책이다. 많은 시사 내용 중 가장 인상 깊었던 장면은 전 세계에서 각각 나라마다 다른 문화를 가지고 있다는 것을 재미있고 공감가는 내용으로 적은 '문화의 수수께끼'부분이었다.

　　우리 나라는 보신탕을 좋은 영양 음식으로 취급하지만 외국에서는 우리나라가 보신탕을 먹는 모습을 보고 '야만인'이라고 생각한다. 이 차이는 나라마다 다른 문화의 차이에서 비롯된다. 프랑스에서는 최고급 요리를 대우받는 달팽이 요리도, 우리나라에서는 징그럽다고 생각하는 요리로 변할 수 있다. 올림픽이 열릴 때, 외국인들이 개를 잡아먹는다는 것에 정색하며 거세게 항의를 한 적이 있다. 프랑스도 달팽이 요리에 당당하고 자부심을 갖고 있는데 우리나라는 그깟 항의 하나에 보신탕집 문을 다 닫아 버리다니 무척 부끄러운 일이다. 우리만의 문화라는 자신감을 갖고 보신탕 문화에 더 당당해져야 할 것이다.

인도는 소를, 중동은 돼지를 먹지 않는다. 소, 돼지는 우리나라 어디서든 쉽게 볼 수있는 음식 중 하나이고, 한국인이 좋아하는 음식 중 하나이다. 하지만 인도는 힌두교라는 종교를 믿으며 암소를 신처럼 대하고, 중동은 돼지를 불결한 동물이라 여겨 먹지 않는다. 처음에는 '내가 만약 인도나 중동에 살았으면 답답해서 어떻게 살았을까'라는 생각을 했지만, 애초에 그러한 문화에 길들여지면 당연한 일이 될 것이라는 생각을 갖게 되었다. 내가 인도나 중동에서 살며 그런 문화 속에서 자랐다면 오히려 다른 나라가 소나 돼지를 먹는 모습을 보고 경악했을 것이다.

　문화의 차이라는 것은 정말 대단하다. 한 나라에서는 너무나도 일상적인 일이 다른 나라로 가면 금기가 될 수도 있다. 여러 나라의 문화를 이상한 것으로 보지 말고 한 나라의 전통이라고 받아들여 이해하고 배워 나가야 한다.

문화절대주의 보다는 문화상대주의 자세를

책제목 : 부시맨과 레비스트로스
출판사 : 풀빛 · 지은이 : 최 협

희정이

　　최협 교수의 '부시맨과 레비스트로스'를 읽었다. 이 책은 인류학 중심으로 쓴 책이다. 우리의 일상생활에 박혀 있는 인류학, 앞으로 내다보는 인류학 등이 쓰여 있었다. 그 중에서 동양과 서양의 문화차이에 대한 인류학이 제일 인상 깊었다.

　　동양의 문화는 한 마디로 물아일체이다. 예술작품을 보면 자연의 그림에 인간이 들어가 있어 인간을 자연의 일부로 표현한다. 자연을 훼손하는 것보다 자연을 아껴 순응하는 것이 동양의 문화이다. 또 동양은 유교사상의 영향을 받아 가족관계가 매우 중요시 된다. 중국 같은 경우에는 자신의 의사보다 가족의 의견에 따라 결정하는 경우가 대부분이다. 내가 동양 사람이지만 이 점은 개선 되어야 한다고 생각한다. 가족의 의사 때문에 자신의 의견을 무시하는 경우는 없어야 한다. 가족 한 명 한 명의 구성원 사생활도 보장하되 가족의 의견도 존중해야 한다고 생각한다. 창의력과 개성이 중요시 되는 현대사회에서 동양은 바꾸어나가야 한다.

서양은 동양과 정반대이다. 서양은 자연을 이용해 나은 삶을 살려고 한다. 서양의 예술작품들은 인간 중심의 예술이다. 자연을 그린 동양과는 달리 인간을 많이 그렸다. 또 가족의 의견보다는 개인의 사생활이 우선이다. 서양이 강대국으로 발전할 수 있었던 이유 중 하나가 개인주의의 철저한 보장 때문이 아닐까 생각된다. 자기 의견을 내세워 그것에 맞추어 나가다 보면 책임감도 들고 생각도 깊어질 것이다. 그렇다고 가족의 의견을 무시하라는 것은 아니다. 가족들의 의견은 참고할 필요가 있다.

'동양의 문화가 좋고, 서양의 문화는 나쁘다.'라는 것이 결코 아니다. 또 그 반대도 아니다. 서로의 문화를 이해하고 또 잘 받아들여야 한다는 것이다. 자신의 나라가 세계적인 국가로 성장하기 위해 문화를 바꿔야 할 필요가 있다면 그렇게 하는 것이 옳다고 생각한다.

줄거리

이 책에서는 인간의 다양한 문화를 비교 문화적 관점에서 보여주고 있다. 저자는 인류학적인 관점에서 우리 문화와 세계 각국의 문화, 언어, 풍습 등을 자세히 설명해준다. 이 책은 인류학적 상상력, 문화와 언어, 일상생활의 인류학, 다른 문화, 우리를 보는 거울 등 크게 5부로 나눠 실례와 함께 인류학을 조명한다. 이를 통해 세계 각국의 사람들은 어떤 생각을 하고, 어떤 방식으로 살고 있으며, 그들의 문화와 우리 문화의 같은 점과 다른 점은 무엇일까?와 같은 인류학적 물음에 대한 답을 찾는 학문인 인류학과 인류학자에 대한 바른 이해를 제공한다.

우리가 모르는 신비한 과학의 세계

책제목 : 정재승의 과학 콘서트
출판사 : 동아시아 · 지은이 : 정재승

정윤이

　　가끔은 따분하기도 한 학교 과학 수업에 점점 흥미를 잃어가려던 찰나에 '정재승의 과학 콘서트'를 접하게 되면서 과학의 또 다른 얼굴을 보게 되었다. 항상 지루하고 똑같다고 생각했던 과학이 이 책을 통해 신기하고 흥미로운 면을 가지고 있다는 것을 알았다. 그 중 가장 인상 깊었던 내용은 '아인슈타인의 뇌'였고 비판할만하다고 생각한 내용은 '머피의 법칙'이었다.

　　우리의 모든 일상에 존재하는 잘못된 상식들, 많은 사람들이 사실이라고 믿는 많은 이야기들이 실제로도 근거없는 이야기이다. 대표적으로 '달에서는 만리장성이 보인다'라는 흔하디 흔한 말이 존재한다. 나뿐만 아니라 대부분의 사람들이 그 말을 진실이라고 생각하였지만 실제로는 달 보다도 훨씬 가까운 거리에서 보아도 인공 조형물은 전혀 보이지 않는다고 한다.

　　이 외에도 몇 가지 당연하다고 생각했던 것들이 허구였다는 것이다. '아인슈타인의 뇌'가 이 글의 제목인 것도 많은 사람들이 아인슈타인이 15%의 뇌만 쓰고 죽은 것으로 알고 있지만, 아인슈타인은 평생 모든 뇌를 양껏 쓰고 죽었다는 사실을 알리기 위한 것이다. 이와 같은 수많은 허구와 모순들이 우리가 살고 있는 이 세상에 잘못된 생각이나 루머를 만들어 내는 것 같다.

어디를 가나 들을 수 있고 흥미로운 '머피의 법칙'이 이 책에서는 '버터 바른 토스트', '일기예보'등의 내용을 다루어 당연한 것으로 판단한다. '머피의 법칙'이란 '잘 될 수도 있고 잘못될 수도 있는 일은 반드시 잘못된다.'는 법칙을 말한다. 하지만 몇 몇 과학자들은 이것이 사실이 아니라는 것을 과학적으로 증명을 할 수 있다고 밝혔다. 하지만 이 실험엔 몇 가지 잘못된 점이 있다. 먼저 너무 특수한 몇몇가지의 실험만을 통해 '머피의 법칙'에 대한 모든 반박을 하려고 하였다. 또한 어떤 실험을 할 때 여러 경우를 생각하지 않은 채, 한 가지 상황만을 가지고 실행하였다. '버터 바른 토스트'를 식탁위에서만 계속 떨어뜨린게 대표적이다. 손에 들고 있었을 수도 있고 이미 한 입 베어 문 상태였을 수도 있는데 말이다.

아직 우리가 모르는 신비한 과학의 세계가 존재한다. 온통 지루한 것이 아닌 재미있는 내용도 대다수 포함하고 있다. 인터넷이나 여러 책을 통해 평소에는 잘 알지 못하는 새로운 과학에 더 가까이 하는 기회를 갖는 것도 좋을 듯 싶다.

케빈 베이커 게임

책제목 : 정재승의 과학 콘서트
출판사 : 동아시아 · 지은이 : 정재승

희정이

　　과학에 별 흥미가 없던 나에게 책 제목은 조금 따분했다. 과학이 얼마나 재미있다고 제목을 '과학콘서트'라고 했을까. 과학이 재미있어 봤자지 콘서트보다 더 재미 있을려나? 어쨌든 진짜 콘서트만큼 재미있을까 하는 호기심을 가지고 책을 읽었다.

　　처음부터 이 책은 나에게 꽤 흥미를 줬다. '케빈 베이커 게임'이라는 것 때문에 여섯 다리만 건너면 세상 사람들은 모두 아는 사이가 된다는 말에 너무 놀랐다. 그럼 내가 어쩌면 보아랑 아는 사이 일 수도 있다는 건데! 케빈 베이커 게임을 들으니 순간 두근거렸다. 그런데 이 책에서는 이 게임에 대해 자세히 말만 해줘서 아쉽다. 하지만 보아 싸인을 받으려면 1억 명은 아니더라도 5천명의 손을 거칠 수도 모른다는 생각에 다시 침울해졌다. 근데 이 게임은 조금 억지가 있는 것 같다. 내가 이명박이랑 아는 사이일 수도 있다는 말이다. 말도 안 된다.

　　흥미 있는 주제는 '케빈 베이커 게임' 뿐만이 아니다. 백화점의 상점배치와 거기에 소비자가 속는다는 생각에, 조금 우리가 바보 같다는 생각을 했다. 시식코너를 빼놓지 않고 들르는 나는 왜 그 동안 백화점 식품 매장의 트릭을 눈치채지 못했을까, 손님들이 가장자리만 돌다가 계산대를 직행하는 것을 막으려고 일부러 안 쪽에 시식코너가 있다는 이 책의 내용을 보고 좀 억울하다는 생각을 했다. 그렇게 사람의 심리를 가지고 상술을 하다니! 하지만 백화점 측도 돈을 벌려면 어쩔 수 없나 보다. 이런 속임수를 알았으니, 똑똑한 소비자가 되는 길은 멀지 않았다.

　책을 다 읽은 후 생각과 읽기 전 생각이 많이 달랐다. 비록 콘서트만큼은 아니더라도 우리 생활 깊숙이 과학이 깔려 있다는 사실에 재미있었다. 과학은 머리 좋은 사람들만 하던 것인 줄 알았는데 실제로 우리가 사용하고 있다니 신기하고 놀라웠다. 내가 꼭 물리학자가 아니더라도 이 혼돈스러운 사회에서 벌어지는 다양한 현상 속에 그 누구도 발견하지 못한 법칙을 찾아낼 수도 있다는 생각을 했다. 살다가 어느 순간 찾아낼 수도 있다고 믿는다.

줄거리

한국 과학책의 대표적인 베스트셀러인 정재승의 과학 콘서트는 출간 당시, 분야를 넘나드는 통합적 지식과 사유를 보여주며 세대를 초월해 즐길 수 있는 지식논픽션의 새로운 전범으로 소위 과학 콘서트 신드롬을 일으켰다. 그 후 10년 동안 이 책은 대표적인 추천도서로 교과서에 수록되고 각종 매체에 인용되며 세대와 세대를 이어가며 사랑을 받았다

나르시시즘과 오이디푸스 컴플렉스

책제목 : 거꾸로 읽는 그리스 로마 신화
출판사 : 푸른나무 · 지은이 : 유시주

정윤이   어릴 때 즐겨 읽었던 그리스 로마 신화가 떠올랐다. 그런데 오늘 읽은 '거꾸로 읽는 그리스 로마 신화'는 많이 달랐다. 어렸을 적 읽었던 그리스 로마 신화와는 달리 신화 속에서 현대 인간의 모습과 유형을 발견하고 해석해 놓은 책이다. 가장 인상 깊던 인물은 자신을 사랑한 '나르키소스'와 자신의 아버지를 죽이고 어머니와 결혼한 '오이디푸스'이다.

세상에서 둘도 없는 천상 꽃미남인 '나르키소스'는 지나가는 사람들을 자신의 미모로 기절시켰다. 그는 '저 아이는 제 얼굴을 보지 않아야 오래 살 수 있다'는 말을 들으며 어른이 되었다. '나르키소스'는 사냥을 하다 지친 도중 샘에 찾아 갔다가 자신의 아름다운 모습에 눈을 떼지 못한 채 꽃이 되고 말았다. 현대로 풀이하면 '나르시시즘' 즉, 자신을 사랑하는 정신 이상 증세를 말한다. 가끔 가다가 '나르시시즘'에 관련된 글을 읽을 때면 무섭기도 하면서 신기하다. 실제로 그런 사람을 본 적은 없지만 이야기만 들어도 대략 상상을 할 수 있다. 내 주변 사람이나 가족 중 누군가가 그 병을 갖게 된다면 어떨까. 상상조차 하기 싫은 병이다.

그 다음으로 인상 깊었던 '오이디푸스'이야기는 신선하면서도 충격적인 내용을 안겨준다. 허락되지 않는 근친상간, 허나 서로를 모름을 전제로 한 결혼, 눈 앞에 다리가 퉁퉁 부은 자식을 못 알아보는 어머니, 아버지를 죽이게 될 운명인걸 알면서 지나가는 사람을 아버지인 줄 몰라서 죽인 아들, 이 모든 것을 모르고 아들과 어머니는 결혼을 하고 만다.

  3~6세 남자 아이가 어머니의 사랑을 위해 아버지를 적대시하는 심리 현상을 '오이디푸스 콤플렉스'라고 한다. 즉 어머니에게서 이성이라는 감정을 느낀다는 것이다. '오이디푸스' 이야기는 정작 그 심리현상과는 다르게 서로 모르는 상태로 결혼을 한 것이기에 상대적으로 덜 거부감이 들지 모르지만, '오이디푸스 콤플렉스'가 병적으로 심화되면 큰 문제를 일으킬 수도 있을 것이다. 나르시시즘에 이어 새로운 증세가 나타나는 것이다. 얼마 전 신문에 자신의 아들 친구를 사랑하게 된 어머니의 기사가 실렸었다. 자신의 아들인지 모르고 결혼한 엄마와 별반 다르지 않은가. 심지어 이 신문기사에 실린 어머니는 아들 친구인지 버젓이 알면서도 말이다.

  알게 모르게 이런 상상도 할 수 없는 일이 이곳 저곳에서 벌어지고 있고, 우리는 이에 대해 거부감 또는 '그럴 수도 있지'라는 생각을 갖는다. 솔직히 나는 거부감이 드는 쪽에 가깝다. 부모를 사랑한다거나 친구의 부모를 사랑하거나 심지어 자기 자신을 사랑한다는 것을 아직은 이해하기 어렵다. 하지만 이런 사람들도 세상에 존재한다는 것을 알고 차츰차츰 세상을 바라보는 눈을 넓혀 가야겠다.

인간 속에서 신화를 찾는 조금 흔한 작업

책제목 : 거꾸로 읽는 그리스 로마 신화
출판사 : 푸른나무 · 지은이 : 유시주

희정이 '그리스 로마 신화'를 어떻게 거꾸로 읽을까? 라는 의문을 가지고 읽기 시작했다. 그리스 로마 신화내용을 거꾸로 전개할 줄 알았다. 신화 내용을 대부분 알고 있던 나로선 이 책을 쉽게 보고 별 내용이 없을 것이라 생각했다.

이 책을 읽다가 이름이 익숙해서 이해하기 쉬웠다. 만화책으로 볼 때에 가장 기억에 남는 장면 이였던 황금사과 이야기, 그리고 전개되는 트로이의 목마, 이 책의 작가는 위장전술이 경제적인 진법이라고 생각했다. 하지만 그 만큼 많이 잔인한 방법 같다. 몇 십 년을 싸워도 결판이 나지 않는다면 그렇게라도 해야 하는 걸까? 그래도 이왕이면 좀 더 합리적이게 이겼으면 좋았을 것이다. 그래도 우리나라의 6월 항쟁은 꽤 합리적인 것 같다. 하지만 트로이의 목마를 이렇게까지 성공시키기엔 조금의 운도 필요할지도 모른다. 너무 스파이적인 전법으로 안 간다면 전쟁에서 약한 전영이 이길 수는 없었을 것이다.

신화는 어떻게 보면 무섭다. 오이디푸스처럼 자기 엄마와 결혼하질 않나, 나르키소스처럼 자기 자신을 너무 사랑해서 죽질 않나, 나르키소스 이야기는 엉뚱하지만 요즘 현대 사회에서 살아가는 사람들에게서도 종종 볼 수 있다. 자본주의 사회에 빈부격차가 심해지면서 나르시시즘은 너무 많다. 자기 자신을 사랑하는 것은 어쩔 수 없는 일이지만, 그래도 주위를 둘러보는 것이 어떨까? 개인주의랑 나르시시즘은 모두 한 번 눈을 돌려 다시 한 번 세상을 바라본다면, 그리고 상류층 사람들이 더욱 앞장서 그늘진 주위에 시선을 보내준다면 빈부격차를 줄일 수 있는 좋은 방법이 만들어지지 않을까? 가지면 더 가지고 싶고 그럴 능력이 되는 사람들이 나선다면 말이다.

원래 신화는 인간들이 만든 것이다. 그래서 신화가 인간적인 면이 많은 교훈을 주는 것이다. 하지만 그 교훈 속에서 인간의 모습을 찾았던 이 책은 나에게 흥미로웠다. 작가가 신화 속에서 인간을 찾는 작업을 했다면 나는 반대로 인간 속에서 신화를 찾는 조금 흔한 작업을 한 셈이다. 사람들이 대부분 인간 속에서 신화를 찾으니 반대로 해석한 작가는 제목을 잘 지은 것 같다. 이 책을 읽고 크노소스 섬에 꼭 가봐야겠다는 생각을 했다. 미노아 문명이 몰락한 이후 4세기 동안이나 지난 이유를, 아리아드네의 실을 혹시 내가 가지고 있을지도 모른다는 생각을 했다. 이것이 혹시 나르시시즘의 종류는 아니겠지?

줄거리

그리스 신화는 신들의 이야기라기 보다는 신을 생각하는 인간의 이야기이다. 그리스 신화를 이해하면 서양 문화의 근원을 이해할 수 있으며 문학, 역사, 예술, 사회의 발전과 과학의 진화까지 아우른다는 것을 알 수 있다. 광범위한 그리스 신화를 알기 쉽게 풀어 썼다.

열등감이 사라져야
나를 진정으로 사랑한다고 할 수 있다.

책제목 : 나는 왜 나를 사랑 하는가?
출판사 : 창비 · 지은이 : 이민규

정윤이

　세상에는 다양한 생각을 가진 사람들이 존재한다. 자신이 최고라고 생각하는 사람, 매사가 행복하다고 생각하는 사람, 나는 최악의 인간이라고 생각하는 사람. 이렇게 많은 사람들 중에 모든 삶이 불행해질 수 밖에 없는 사람이 있다. 다른 사람의 의견을 무시하고, 부정적인 말을 입에 달고 다니고, 남을 비하하며 잘난 척 하는 이들이 그렇다. 하버드대학의 데이비드 렌즈 교수는 이런 말을 했다. "세상에 낙관주의자들이 주로 성공하는 이유는 그들이 항상 옳기 때문이 아니라 긍정적이기 때문이다."

　이 책의 저자 '이민규'는 '세상을 행복하고 긍정적으로 살기 위해서는 나 자신을 사랑해야 한다'고 하였다. 나 또한 평소에도 자주 하던 생각이었기에 책을 읽으면서 많은 공감을 하였다. 나는 나름대로 '내가 나를 사랑해야 하는 이유'를 정해보았다. 먼저 나를 사랑해야 무슨 일이 닥치든 이겨낼 수 있기 때문이다. 너무 힘들고 괴로운 상황이 와도 나를 사랑하고 믿음으로써 어려운 현실을 견뎌낼 수 있다.

또한 나를 사랑하지 않는다면 평생 '혼자'인 삶을 살아야 한다. 나를 사랑하지 않으면 남도 사랑할 수 없고, 자연스레 믿음도 사라지기에 겉으로는 존재하는 친구가 결국에는 너무나도 먼 존재가 되어버리기 때문이다. 더욱더 부정적으로 변하면 그나마 곁에 있던 사람마저 불쾌감을 느끼고 자연스레 그 사람의 곁을 떠나게 된다. 마지막으로 나를 사랑하면 남도, 나 자신도 헐뜯지 않게 된다. 남을 시기하지도 않고, 모든 상황이 행복한 데 남을 헐뜯을 일이 어디 있겠는가, 항상 긍정적인 사람은 남을 헐뜯기 보다는 칭찬하는 일이 더 많을 것이다.

나는 평소에 내가 나를 굉장히 사랑한다고 믿어 왔다. 그런데 한편으로 생각해 보면 내가 버려야 할 점이 많다는 것을 깨달았다. 나에게는 열등감이 존재한다. 가끔 성적이 안 나오거나 너무 예쁜 사람을 보면 '나는 왜 성적이 안될까, 나는 왜 저 사람처럼 예쁘지 않지' 등 내가 들어도 부끄러울치 만큼 열등감에 사로 잡혀 있다. 하지만 이 책을 읽고 열등감은 전혀 나에게 필요하지 않은 것이라는 생각을 가지게 되었고, 조금씩 열등감이라는 말을 내 머릿속에서 지워나갈 것이다. 열등감이 사라져야 나를 진정으로 사랑한다고 할 수 있으니 말이다.

나 자신을 사랑해야 행복해질 수 있다

책제목 : 나는 왜 나를 사랑해야 하는가?
출판사 : 창비 · 지은이 : 이민규

희정이

세상에는 다양한 사람이 존재한다. 흔히 우리가 싫어하는 사람의 유형은 욕하는 사람, 무시 하는 사람, 허세부리는 사람 등이 있다. 그럼 그들은 왜 그런 성격을 가지게 된 것일까? 아마 자기 자신을 믿는 마음, 자긍심이 부족한 것 같다. 그런 행동을 함으로써 튀고 주목을 받아서 자기 합리화를 시키는 것이다. 나는 자긍심이 없는 사람이 제일 불쌍한 사람 중 한 명이라고 생각한다. 자기 자신을 믿지 않으면 누가 나를 믿나? 특히, 항상 부정적으로 말하는 사람들이 그렇다. 난 그런 사람들을 볼 때마다 내가 더 답답해진다. 말이 곧 씨가 된다는데 진짜 부정적으로 말해서 안 좋은 일이 생기면 어쩌나 우려가 된다.

내가 버려야 할 성격 중 하나는 조급성이다. 조금만 더 천천히 하면 옳게 만들 수 있는 일을 괜히 빨리 하고 싶은 생각에 정확성이 떨어진다. 나의 이런 성격을 알지만 잘 고쳐지지 않는다. 내 동생도 나와 닮아서 성격이 급하다. 그래서 동생이 공부를 할 때 빨리 하려고 하지 말라고 그렇게나 당부하고 충고했는데 별로 귀담아 듣지 않는다. 동생은 나처럼 후회하는 일이 없도록 하고 싶었는데 어쩌면 나도 자긍심이 부족해서 그럴 지도 모른다.

 진짜 나를 사랑한다면 손해 보면서까지 조급하게 하지 않았을 것이다. 이렇게 내가 나를 사랑해야 하는 이유는 결론적으로 '행복'하기 위해서다. 나를 사랑하면 아무리 어렵고 힘든 고난에도 잘 이겨낼 수 있고, 다른 사람이 보기에도 존중할 만한 사람이 된다. 즉 행복해진다는 것이다. 행복하기 위해 할 수 있는 일은 그리 멀지 않은 곳에 있는데 사람들은 행복이 멀리 있다고 생각한다. 이 세상에 나보다 나를 더 잘 아는 사람도, 나를 사랑하는 사람도 없다. 나 자신을 사랑해서 행복해 진다면 그것은 기쁜 일이 아닐 수 없다.

줄거리

오늘날 같이 물질 만능주의와 자본주의 사상이 팽배한 시대에 상대방의 존재 자체만으로 사랑할 수 있는가에 대한 질문에 쉽게 대답하기 힘들 것이다. 이 책을 통해 옛 사랑에 대한 추억을 떠올리며 향수를 느끼고 나아가 나 자신에게 왜 사랑하는가? 라는 질문을 던지고 그에 대한 자신만의 답을 내려보는 것도 좋을 것이다.

다양성이 존중받는 생태계

책제목 : 여우와 토종씨의 행방불명
출판사 : 양철북 · 지은이 : 박경화

정윤이

　박경화의 '여우와 토종씨의 행방불명'이라는 책은 이 세상을 살아가며 생물의 다양성이 얼마나 중요한지를 알려준다. 인간이 모두 멸종되면 기뻐할 동물들, 우리 인간은 너무나도 중요한 생물 다양성을 계속해서 파괴해 나가고 있다. 21세기의 지식인으로서 인정받으려면 이 같은 다양성과 환경보존이 얼마나 중요한지 깨달아야 한다고 사람들은 말한다.

　최재천 교수가 한 칼럼에서 언급하기를 생물 다양성은 '젠가'라는 게임과 같다고 하였다. 블록을 쌓고 하나씩 빼내면 전체가 모두 무너져 내리는 젠가처럼, 우리 생태계 또한 보존을 소홀히 한다면 모두가 한 순간에 무너질 수도 있다. 현재 개구리와 같은 작은 동물들은 우리가 인식하기도 전에 끝없이 사라져가고 있다. 이 세계가 무너져 내리지 않게 하기 위해서는 작은 멸종이나 종의 감소도 세심히 파악해야 하며 개발보다는 환경을 보호하는 데에 앞장서야 한다.

　취업이 너무나도 힘든 지금, 채용을 하는 공직사회에서도 생물 다양성과 같은 인재의 다양성을 보존해야 한다. 이를 위해 우리 사회에서는 사회적 약자가 대학 진학이나 취업을 하는데 있어서 많은 지원을 해주며 대졸자 뿐만 아니라 고졸자 중에서도 많은 인재를 뽑고 있다. 같은 학력과 같은 생각을 가진 사람이 아닌 다양하고 어우러지는 공직 사회를 만들기 위해 다양성을 유지하여 무너지지 않도록 사회도 노력을 하고 있다.

선거의 해가 되면서 대표의 다양성에도 많은 관심이 가고 있다. 어쩌면 이번 해에 20대의 국회의원이 나타날지도 모른다. 기회를 넓고 다양하게 주어 각종 연령층, 각종 분야의 사람들이 모여 정치를 할 것이라는 셈이다. 하나에만 치중되지 않은 다양한 사고를 하고, 효율적인 정치를 하며, 다양한 대표가 선출된다면 대한민국의 다양성도 유지되어 절대 무너지지 않는 생태계가 될 것이다.

정치대표의 다양성, 사회의 다양성

책제목 : 여우와 토종씨의 행방불명
출판사 : 양철북 · 지은이 : 박경화

희정이

　　어렸을 때 동물 이름 부르기 게임을 종종 했었다. 그 당시 50가지
가 넘어가면 이긴 셈이나 마찬가지였다. 그렇지만 지구에는 50만여 가지가 훨
씬 넘는 동·식물이 살아간다. 우리는 사는 곳에 잘 적응하기 위해 진화를 해왔
고, 상호 의존적인 관계에 있다. 나무가 자라서 열매를 맺고 그 열매를 동물이
먹고 또 다른 동물에게 잡아 먹히거나 거름이 되는 것이 일반적이다. 그 범위가
점점 커져 현재의 상태가 되었다.

　　하지만 인간의 개발로 인해 거름이 된다거나 다양성을 유지하는 일이 힘들어
지고 있다. 이렇게 생물이 다양하지 않고 일률적이면 기후가 바뀌는 등 조그마
한 문제가 생겨도 쉽게 멸종되기 쉽상이다. 그렇게 되면 상호 의존적이었던 관
계가 파괴되면서 모두 멸종하게 된다.

　　생태계의 다양성만이 중요한 것이 아니다. 공직 사회의 다양성 또한 사회 유지
에 필요하다. 다양성을 배제하고 채용을 한다면 배제된 자와 심한 갈등을 빚게

되므로 혁명적인 상황까지 올 수 있다. 실제로 최근에 고졸자들도 대졸자와 동등하게 채용을 한다고 한다. 하지만 아직 흠이 많고 큰 불만 잠시 꺼졌다는 생각이 든다. 겉모습만 동등한 채용이라는 꼬리표를 빨리 벗었으면 좋겠다.

공직사회의 다양성 다음으로 정치, 대표의 다양성도 떠오르고 있다. 각 분야를 대표하는 사람이 한 명쯤은 있어야 의견이 반영되지 못하는 일이 없어진다. 여태까지 '청년실업'에 관한 대표자가 없었고 그들의 의견은 무시되었다. 하지만 최근 20대 국회의원 후보자가 선출되었기 때문에 그들의 의견을 반영하기가 수월해 지리라 희망하고 있다.

생물의 다양성이든 공직의 다양성이든 정치의 다양성이든 다양하면 갈등이 일어나는 일이 줄어드는 것 같다. 천편일률적인 생태계, 공직, 정치가 더이상 없었으면 좋겠다. 생태계의 다양성과 중요성을 알고 사회에 적응시켜 공직, 정치의 다양성으로 확대시켰다. 생태계 다양성의 보존 뿐 아니라 사회의 다양성도 보존할 필요가 있다.

줄거리

우리 사회에서 가장 영향력 있는 환경 지킴이라고 불리는 저자의 생물 종 다양성에 관한 이야기이다. 사라지는 생명들을 이야기 하거나, 지구 온난화를 지탄하는 등의 진부한 이야기나 생태계와 세계화 등의 거대 담론에 빠지는 것이 아니다. 그저 일상적이고 유기적인 시각으로 지금 내 손에 잡히는 일들, 가슴으로 느껴야 할 문제점 등을 소소한 일상 속에서 보여주고 있다.

지속가능한 발전

책제목 : 소 방귀에 세금을?
출판사 : 디딤돌 · 지은이 : 임태훈

정윤이

　　최근 몇 십년간 최고의 화두이자 앞으로도 계속해서 이슈에 오를 환경보존 문제, 임태훈의 '소 방귀에 세금을?'이라는 책에서는 이에 관련된 수많은 입장과 근거를 제시해준다. 그런데 왜 하필 책 이름이 '소 방귀에 세금을?' 일까? 소의 방귀에는 에탄가스가 함유되어 있는데, 이는 지구온난화를 일으키는 주범 중에 하나라고 한다. 이 때문에 현재 뉴질랜드에서는 소 방귀에 세금을 부과하여 환경 보전에 앞장서고 있는데, 이 제목을 통해 환경의 중요성을 알리고자 한 것 같다.

　　이 책에서 기자들이 편집 회의에서 지구 온난화에 관련된 자신의 입장을 주장하는 부분이 있다. 먼저 김기자는 투발루, 몰디브 등 해안섬이 지구 온난화에 의한 해수면 증가로 인해 가라앉을 위험에 처해 있으며 각종 기상이변을 맞고 있다고 하였다. 그리고 신기자는 일반인들이 지구 온난화를 너무 시나리오 형식으로 알고 지구 온난화에 대해 의혹을 품는 사람이 있다고 주장하며, 지구 환경을 보존하려면 자연을 개발 대상이 아닌 하나가 된다는 생각으로 새로운 정책이나 실천을 해야 한다고 하였다.

 이 외에도 손기자, 이기자 등 많은 기자들의 의견이 있었는데 가장 마음에 들었던 기자는 아이러니하게도 회의에서 한마디도 하지 않은 '임기자'였다. 그는 사람들이 몇몇 특정한 기상현상으로 기후 전체를 해석하는데에 불만을 품고 30년 동안의 측정결과를 기반으로 평균적인 기상 상황을 분석해야 한다고 생각하였다. 그는 다른 기자들처럼 특정한 사례만으로 보편화시키지 않고, 모든 내용이나 현상 하나 하나에 차분히 접근하려 했기에 가장 관심이 갔다.

 현재 지구 온난화 주제를 두고 논란이 계속 일어나고 있는 가장 큰 원인 중에 하나가 접근 태도일 것이다. 지구 온난화를 경제개발과 환경보호로 이분화시키는 경향이 있는데, 이는 한 쪽 입장에 주관적으로 접근하는 문제를 초래할지도 모른다. 이를 해결하기 위해서는 판단 기준을 지속가능한 발전 및 보호로 정하고 경제개발과 환경보호가 서로에게 입힐 수 있는 피해를 최소화하여 지속 가능한 발전이 가능하도록 해야 한다. 또한, 모든 입장을 객관적으로 바라봐 정확한 정보와 해결책이 마련되어야 한다.

국가간의 협력이 지구를 살린다.

책제목 : 소 방귀에 세금을?
출판사 : 디딤돌 · 지은이 : 임태훈

희정이

　'가축 방귀세'는 현실적으로 불가능한 선진국의 핑계거리 제도일 뿐이다. 물론 소의 방귀가 메탄을 많이 포함하고 있어서 지구 온난화에 악영향을 끼치는 것은 사실인 것 같다. 하지만 엄청난 영향을 주는 것도 아닌데 이렇게 이슈화하는 것은 자기들이 지구 온난화에 대해 걱정하고 있다는 것만을 보여준다.

　책에서 김기자와 임기자는 지구 온난화에 대해 상반된 입장을 가지고 있다. 김기자는 지구 온난화는 섬을 가라앉게 해서 사람들의 보금자리가 사라져 매우 위급한 상황이라고 말한다. 하지만 임기자는 그 짧은 기간 동안에서 일어난 변화만 가지고 상황 파악을 해선 안 된다고 했다. 객관적인 입장에서 약 30여년 정도의 결과를 가지고 판단해야 한다고 했다.

　여러 기자 중 나는 신기자의 의견에 동의한다. 신기자는 자연을 개발 대상으로 바라보지 말고 돌봐야 할 존재로 인식해야 한다고 주장한다. 그리고 책임감을 가지고 적극적인 실천이 필요하다고 했다. 지구 온난화가 심하든 심하지 않든 이제 선진국은 환경을 돌봐야 할 책임이 있다고 생각한다. 그렇게 되면 지구 온난화의 문제도 이렇게 과장되게 퍼지진 않을 것이고 해결될 수 있다.

그렇다고 개발도상국은 환경보호를 할 필요가 없다는 것은 아니다. 선진국은 이미 자연을 훼손하면서 경제 개발을 이루었으니까 자신들의 행동에 대해 책임감을 가져야 한다는 것이다. 그 대신 선진국은 개발도상국에게 환경오염을 줄이면서 개발할 수 있게 환경오염을 줄일 수 있는 과학기술을 전수해주어야 한다. 개발도상국에게까지 이산화탄소 배출량을 제한하는 것은 불공평한 것 같다. 개발도상국이 선진국의 과학 기술을 받아들여 발전한다면 선진국이 겪었던 악영향을 피할 수 있을지도 모른다. 최근 브라질에 있는 아마존의 개발을 미국이 환경파괴를 이유로 중단을 요구한 적이 있다. 미국은 경제적 생존을 위한 브라질의 입장을 더 이해하고 함께 환경을 보호해나가야 한다. 브라질의 경제발전도 함께 달성할 수 있는 해법을 내놓아야 한다.

줄거리

이 책은 지구 온난화는 정말로 일어나고 있는가? 일어나고 있다면 어느 정도로 심각한가? 지구 온난화 문제의 해법은 무엇인가와 관련된 다양한 쟁점을 다룬다. 하지만 주제의 무거움에 비해 책은 결코 어려운 단어를 나열하지 않는다. 마치 소설 한편을 읽듯 생생히 살아 숨쉬는 이야기로 주제를 포장하고 스스로 생각하고 판단하는 것은 독자의 몫으로 남겨놓는다. 앞으로 경제, 과학 정책, 나아가 외교 정책을 결정해야 할 학생들이 자연과 함께 하는 인간이라는 관점을 가질 수 있도록 반드시 읽어보았으면 하는 바람이다.

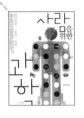

건강보조 식품의 빛과 그림자

책제목 : 사람을 위한 과학
출판사 : 동아시아 · 지은이 : 김수병

정윤이

　　일생동안 인간이 과학의 혜택을 누리는 경우는 허다하다. 나도 이러한 경우가 적지 않았다. 가장 큰 혜택을 본 것은 한약이었다. 어릴 적 밥 먹는 일을 두려워했던 나는 항상 밥을 1/5정도밖에 먹지 않고 굶은 적도 많았다. 친 할아버지가 한의사셨는데 음식을 먹지 않던 나를 걱정하셔서 그 때부터 3년간 한약을 복용하게 하셨다. 한약을 복용한 후부터 음식을 먹는 양이 차츰차츰 늘어 정상적으로 밥을 먹게 되었지만 가끔 과도한 음식 섭취로 살이 찌기 시작했다.

　　한약을 먹어 건강해지는 장점도 얻었지만 살이 쪄버리는 부작용도 함께 찾아왔다. 이렇듯 과학에는 겉으로 보여지는 것이 전부가 아닌 경우가 많다. 김수병의 '사람을 위한 과학'은 평소에 당연하다고 여겼거나 잘 알지 못했던 과학의 모순들을 알려주고, 오해하고 있던 잘못된 과학상식을 바로 잡아주는 책이다. 예를 들어 현대인의 선풍적인 인기를 끌고 있는 건강보조 식품도 이 책을 접하기 전만해도 이토록 부작용이 심각할 줄 몰랐던 대상이다. 건강보조 식품이 지나치게 맞지 않는 사람은 심각한 부작용이 일어나 심한 경우에는 사망까지 이를 수 있다고 한다. 그렇게 믿고 만병통치약이라고 생각했던 건강보조 식품이 누군가에게는 독이 될 수 있다는 것이다.

과학사실에 대한 오해는 어쩌면 사람들의 가장 큰 관심사인 '비만'에도 존재한다. 1g에 9kcal를 차지하는 지방, 최근 생산되는 각종 다이어트 보조 식품에는 지방을 제거해 버리는 갖가지 기능이 들어간다. 하지만 비만 치료제는 몸에 필요한 '좋은 콜레스테롤'인 고밀도 지단백질마저 제거해버려 몸을 손상시킨다. 지방은 무조건 나쁘다는 고정관념 때문에 자신의 몸을 망가뜨리고 있는 셈이다. 비만 치료를 위해 이러한 보조식품을 복용하는 현대인들의 가장 큰 문제점은 무엇일까?

　날이 갈수록 비만도가 급격하게 증가하고 있는 이러한 현대인들의 상황에서는 약물 복용이 아닌 근본적인 측면에서 문제를 해결해야 한다. 식습관, 운동량, 패스트푸드 섭취 등 그 원인은 수 없이 많다. 현대인들은 24시간도 모자라 차를 몰거나 대중교통을 이용하며 손에는 빵이나 햄버거를 든다. 하루 일상에 치여 밥 먹는 시간도 규칙적이지 않아 낮에 굶고 밤에 폭식하는 매일이 반복된다. 이 모든 것이 비만의 원인이 되는 것이다.

　건강보조식품이 되었든, 비만치료제가 되었든 모든 약품은 정확해야 한다. 즉, 실질적인 약이 아닌 보조식품이라는 명목 하나로 부작용을 숨기고 좋은 점만을 광고한다면 수 많은 인구가 피해를 볼 것이다. 나는 약에 대해 전반적으로 옹호하는 편이다. 하지만 개개인에게 맞는 약을 선택하고 부작용을 확인하지 않는 이상 그 약은 죽음의 그림자가 되어 버린다. 제약 회사에서도 약에 대한 사실을 일반인이 알 수 있도록 상세히 공개하고 그에 따라 자신에게 적절한 약을 선택하는 일이 우리 인간에겐 새로운 과제가 될 것이다.

과학적 혜택도 선택할 수 있는 안목 필요해

책제목 : 사람을 위한 과학
출판사 : 동아시아 · 지은이 : 김수병

희정이

　나에겐 '한희정'이라는 이름보단 '예비고3'이라는 소리를 더 많이 듣는다. 지난 달에는 나 스스로 '고2'에 대한 부담감이 너무 심해져서 두통이 생겼다. 한의원에 가서 의사 선생님과 상담을 해보니 신경성 두통이라는 진단을 받았다. 의사 선생님께서는 몇 주간 침을 맞으라는 권유를 하셨고 실제로 침을 맞았다. 며칠 후 신경을 유난히 예민하게 가졌던 건 없어졌고 더불어 가끔 생기는 근육통증도 완화되었다. 이렇게 나는 과학의 혜택을 보면서 살아가는 듯 싶다.

　김수병의 '사람을 위한 과학'에서는 이렇게 우리가 옹호하는 과학의 이면에 대해 적나라하게 진실을 말해준다. 우리가 모르고 있던 과학적 진실이 이렇게나 많은 줄 몰랐다. 과학자들이나 과학을 이용해 상업을 하는 사람들에게 뭔가 속고 있다는 생각도 든다. 특히 노화를 방지하는 약은 실제로 존재하지 않고 지방이라고 해서 모두 나쁜 것만은 아니라는 것은 충격적이었다, 그 중에서도 제일 충격적이었던 것은 헬리코박터균은 좋은 점도 있다는 것이다.

　헬리코박터균은 과학자들에 의해서보다 TV광고에 의해서 더 잘 알려졌다.

TV광고에서는 헬리코박터균은 좋은 것이 아니므로 자신의 기업에서 나오는 헬리코박터균을 없애는 섬유질 음료를 먹어야 한다고 말한다. 그래서 우리는 남녀노소를 불문하고 그 음료를 먹어야 할 것만 같은 느낌을 받는다. 하지만 책에서는 헬리코박터균이 꼭 나쁘지만은 않다고 주장한다. 그 균은 설사병 등을 일으키는 병균을 예방하는 데에 도움을 준다는 연구결과가 나왔다. 이러한 현상은 어린이에게 더 두드러지게 나타난다. 위장병의 주범인 헬리코박터균을 치료하는 것이 옳다고 하더라도 어린 시절에는 피해야 한다는 생각이 들었다.

어떤 사람들은 약은 부작용이 있으므로 행복과 건강을 살 수 없다고 주장한다. 그러나 효능이 없는 약을 먹고 마치 병이 치료된 것 같은 심리적인 작용이 생겨 건강해지는 경우도 있다. 그리고 큰 부작용만 없다면 약 먹고 몸이 건강해짐과 동시에 행복은 따라온다. 건강과 행복을 지키려고 요즘 사람들은 비만과 싸우고 있다. 성인 평균 몸무게가 2kg 증가했다는 연구결과도 있다. 이렇게 비만이 증가하는 이유는 사람들이 자극적인 입맛에 길들여진 탓도 있지만 길들여지게끔 만든 기업이나 사회의 책임이 크다. 식사 시간을 단축해 버리면 어쩔 수 없이 정크푸드에 손이 가기 마련이다.

나날이 발전하는 과학 속에서 정말 과학이 사람을 위한 과학이 되려면 부작용을 최소한으로 줄여야 한다. 그리고 이렇게나 많은 과학의 이면을 알아가야 할 필요성도 있다. 사회가 첨단 과학적으로 될수록 사람들도 정말 자신에게 필요하고 부작용이 없는 과학적 혜택을 선택할 수 있는 안목이 요구된다.

줄거리

첨단과학에 대한 정확한 정보와 잣대를 갖추지 못한 대중에게 빠른 속도로 대량 생산되는 과학의 이면을 알려준다. 그리고 점점 우리 삶 속에 깊이 침투하는 첨단과학의 실체와 오해들이 밝혀진다.

빅 브라더의 자유

책제목 : 1984
출판사 : 민음사 · 지은이 : 조지 오웰

정윤이

자유가 존재하지 않는 삶 속에서 산다면 어떨까. '동물 농장'으로 유명한 조지 오웰의 또 다른 대표작 '1984'에서는 당의 지배와 억압 속에서 자유를 잃은 채 점점 망가져 가는 모습을 '윈스턴 스미스'라는 주인공을 통해 보여준다.

윈스턴은 텔레 스크린의 감시 속에 빅 브라더가 지배하는 곳에서 행동 하나 맘 편히 못하고 살고 있었다. 하지만 윈스턴은 이런 세상에서 벗어나고 싶었고, 해서는 안 되는 금기사항부터 자유를 향해 저항하며 허용되지 않는 인연 관계도 맺는다. 또한 반당 지하 단체인 '형제단'에 가입해 당에 대한 반감을 더욱 더 크게 갖는다. 하지만 결국은 당의 끝없는 세뇌와 고문 속에서 사랑하는 여인을 배신하고 빅 브라더의 밑에서 아무런 저항도 하지 못한 채 죽음을 받아들인다.

빅 브라더는 21세기 지금도 여전히 유효하다. 지금 우리가 살고 있는 곳곳에 설치되어 있는 감시 카메라가 떠올랐다. 그리고 섬뜻함과 오싹함이 교차했다. 눈에 보이지 않는 전체주의가 얼마나 무서운지 말해준다. 은행이나 식당을 가도 곳 곳에 CCTV가 설치되어 텔레스크린의 감시와 별 다를 것 없는 생활에 놓여 있다. 심지어 신용카드나 인터넷 사이트 가입으로 원치 않는데도 자신의 신상 정보가 빠져나간다. '1984'에서 윈스턴의 생활과 현재 우리의 삶은 별 다를바가 없다. 누군가의 감시와 지배하에서는 개인이 존중될 수가 없다.

우리는 자유주의 시대에서 개인의 자유를 외치고 살지만 정말 자신의 자유를 지키며 사는지 생각해 보아야 한다. 우리가 사는 사회에서 '개인의 자유'라는 거 창한 말은 그저 단어에 그치고 만다. 정말로 우리가 진정한 자유 속에서 살고 있 는지 아니면 또 다른 빅 브라더 속에서 살고 있는 건 아닌지 의구심이 든다.

지금은 조직적 감시사회, 빅 브라더를 기억할 때

책제목 : 1984
출판사 : 민음사 · 지은이 : 조지 오웰

희정이
　　주인공인 윈스턴은 정말 불쌍한 사람인 것 같다. 빅 브라더의 감시 속에 즉, 전체주의의 압력 속에 자유를 누리지 못하고 죽었다. 이 책을 쓴 당시인 1940년대 쯤에 읽은 독자들은 아마 이런 일은 없을 것이라고 생각했을 것이다. 비현실적이라고 간주했을 수도 있다. 그리고 '과연 이런 사회가 올까?'하는 의문도 들었을 것이다. 하지만 진짜 1984년에 나온 세상처럼 시대는 변했다. 인공위성에 있는 초정밀 카메라는 우리가 집안에서 무엇을 하는지 알 수 있다고 한다. 나도 우리 가족도 알게 모르게 감시 당하고 있을 것 같은 불길함이 들기도 한다. 위성탐색 등이 좋은 방향으로만 쓰이면 문제가 되진 않겠지만 나쁜 방향으로 이용된다면 굉장히 우려스러운 상황이 될 것이다. 내 정보가 어디로 새어 나가고 있음이 틀림없지만 막을 방법이 없다는 것이 그 예이다.

　책 속에서 세상은 흔한 사랑도 못하게 했다. 사랑은 오직 빅 브라더에게 바치는 것으로만 간주된다. 사람과 사람 사이에 사랑이 없는 세상은 정말 잔인하다. 서로의 믿음, 관용 등이 우리가 살아가는 데에 부지불식 중에 작용하고 있다. 주인공 윈스턴은 우리의 나약함을 잘 보여주고 있는 듯하다. 사랑이 얼마나 이 세상에 영향을 주고 있는지 일깨워준다.

 우리는 오늘날 엄청난 과학기술의 발전으로 인해 많은 혜택을 누리고 있다. 이제 스마트 폰의 등장으로 걸어다니면서 인터넷도 할 수 있고, 세계 곳곳의 정보와 일들을 실시간으로 볼 수 있다. 하지만 이와 같은 기술발전이 가져온 위험을 알고 있는 사람이 얼마나 될까? 그럴 일은 없어야 하지만 만약 빅 브라더의 자유에서 보여주는 세상이 나타난다면 우리는 과학 기술의 발전 때문에 더욱 조직적으로 감시될 것이다. 그래서 우리는 자유를 공기처럼 소중하게 여기고 지금의 자유를 지키기 위해 노력해야 한다.

줄거리

전제주의라는 거대한 지배 시스템 앞에 놓인 한 개인이 어떻게 저항하다가 어떻게 파멸해 가는지, 그 과정과 양상, 그리고 배후를 적나라하게 보여주는 디스토피아 소설이다. 오세아니아의 정치 통제 기구인 당은 허구적 인물인 빅 브라더를 내세워 독재 권력의 극대화를 꾀하는 한편, 정치 체제를 항구적으로 유지하기 위해 텔레스크린, 사상경찰, 마이크로폰, 헬리콥터 등을 이용하여 당원들의 사생활을 철저하게 감시한다. 당의 정당성을 획득하는 것과 동시에 당원들의 사상적인 통제를 위해 과거의 사실을 끊임없이 날조하고, 새로운 언어인 신어를 창조하여 생각과 행동을 속박함은 물론, 인간의 기본적인 욕구인 성욕까지 통제한다.

아날로그형 인간

책제목 : 딜레마에 빠진 인터넷 1
출판사 : 굿인포메이션 · 지은이 : 홍윤선

정윤이

　　종종 주위에서 '아날로그형 인간'이라고 말하는 사람들이 있다. 이는 현대의 디지털 문명에서 벗어나 산다는 것을 의미한다. 하지만 아날로그 시대의 본 뜻은 사람들의 수작업에 의한 단순한 기계를 사용하는 시대를 의미한다. 스마트폰, 인터넷 등의 열풍이 불고 있는 지금은 아날로그에서 발전된 디지털 시대이다.

　　정보를 검색하거나, 취미를 즐기거나, 교류를 하는 등 인터넷은 우리의 삶 속에 많은 비중을 차지하고 있다. 현실 속에선 극심히 소외받던 사람들도 인터넷 장에서는 '인기 폭발'이 될 수 있다. 사람들은 인터넷을 통해 서로 교류하며 만족감, 정체성 등을 인식할 수 있고 게임 등을 통해 성취감도 느낀다. 또한 아날로그 시대에는 불가능했던 정보 검색을 단 몇 초 만에 할 수 있게 되었다.

　　하지만 이러한 것들을 마냥 좋아하고 있을 수는 없다. 인터넷이 발달하면 할수록 인터넷 범죄와 중독도 함께 증가하고 있다. 또한 중독이 증가함에 따라 가족이나 주위 사람들과의 관계도 멀어질 수 밖에 없고, 이로 인해 사람들은 더욱 인터넷에 의존하게 된다. 아직 정체성을 완전하게 확립하지 못한 청소년들에게는 매우 심각한 문제로 대두된다. 대부분의 청소년들은 절제를 잘하지 못하고 주위 환경에 쉽게 이끌려 다니기 때문이다. 또 인터넷에 존재하는 과다한 정보가 우리를 무지와 혼란에 빠트리고 있다. 정보는 넘쳐 흐르나 잘못된 정보나 과장된 내용이 허다하기 때문이다.

디지털 사회에서의 네티켓

책제목 : 딜레마에 빠진 인터넷 1
출판사 : 굿인포메이션 · 지은이 : 홍윤선

희정이

  인류는 끊임없이 발전하고 더 나아지고 있다. 단순한 기계로만 작동되고 수작업이 많던 아날로그 시대에서 자동적이고 편리한 디지털 시대로 바뀌었다. 요즘은 옛날 사람들 보고 아날로그형 사람이라고도 한다. 이렇게 디지털과 아날로그의 차이는 확연히 드러난다. 그래서 사회적 차이도 크다. 디지털이 보편화되고 사용성이 높아짐에 따라 정보화 시대에 가까워져 정보 혁명이 일어났다. 그리고 최근 스마트폰의 사용자가 높아져 SNS, 즉 사회 네트워크 서비스가 대두되고 있다. 정보혁명이 컴퓨터가 필요한 제 1인터넷 시대였다면 SNS는 제 2인터넷 시대라고 할 수 있다.

  이렇게 사회가 개방되어 편리해졌고 전 지구적으로 정보가 쏟아져 나오니 좋은 점이 한 두가지가 아니다. 우리는 언제 어디서든 인터넷을 이용하면서 실시간으로 날씨, 교통정보 등을 알아 미리 대비할 수 있게 되었고 새로운 뉴스나 소식 또한 금방 알 수 있어서 사회가 어떻게 돌아가는지 재빠르게 볼 수 있다. 공연이나 영화의 티켓 예매도 직접 가도 되는 경우는 드물어졌고 업무 처리도 수월해졌다.

이렇게 편리하고 즐거운 인터넷이 차츰 문제점을 보이기 시작했다. 인터넷 이용자의 대다수인 청소년의 문제다. 인터넷은 익명으로 글을 쓰는 곳이 많아서 험한 말, 특히 어떤 연예인에 대한 비난하는 글이 많이 나온다. 아무리 표현의 자유라고 하지만 그런 행위는 그 연예인을 죽이는 것과 다를 바 없다. 그리고 컴퓨터를 잘 다루는 사람들이 해커로 잠적하여 사람들의 개인정보나 사생활등을 몰래 빼가는 경우도 많아졌다. 아무리 보안을 해도 다 뚫리니 참으로 할 말이 없다.

최근 게임 중독으로 인한 범죄가 많이 일어난다. 어떤 중학생이 자기 동생을 죽였는데 그 이유가 아이템이 나올 것이라 생각했기 때문이라고 한다. 게임 중독의 실태가 드러나자 정부는 셧다운제를 도입하여 12시가 넘으면 국내 온라인 게임은 중단된다. 하지만 외국게임은 선택사항이 아니므로 상태는 전과 다를 게 없다고 말한다.

인터넷에서의 에티켓, 즉 네티켓을 지키는 것이 우리 네티즌들의 의무이고 이 의무를 잘 지키다보면 인터넷상의 문화는 깨끗해질 것이다. 더 이상 악플에 의해 자살하는 사람은 없어야 하기 때문이다. 그리고 강제적으로 하는 셧다운제보다 청소년들의 의식을 바꾸는 프로그램이 많아져야 한다.

줄거리

인터넷이란 공간에 갇혀 살게 된 사람들은 이제 필요에 의해서라기보다 무의식적으로 접속한다. 정체성마저 흔들리는 인터넷 공간, 이 공간은 과연 바람직한 것인가? 이 책은 이러한 인터넷 문화의 원인과 현상들을 하나하나 짚어보고자 기획되었다. 포르노 강국, 정보 과부하, 현대인의 정체성 위기 등 당면한 인터넷 문화에 대해 한 인터넷 기업의 대표로 있으면서 직접적으로 그 문제를 느꼈던 저자의 솔직한 느낌과 비판을 담았다.

차별이 아닌 차이를 인정하자.

책제목 : 커피우유와 소보로빵
출판사 : 푸른 숲 주니어 · 지은이 : 카롤린 필립스

정윤이

카롤린 필립스의 '커피우유와 소보로빵'을 처음에 접했을 때에는 제목이 무언가 유치하고 단순하다는 생각을 하였다. 대체 커피우유와 소보로빵이 무엇을 의미하는지 많은 궁금증에 쌓였다. 알고 보니 이 책에서 커피우유는 흑인 외국인 노동자의 아이, 소보로빵은 주근깨 많은 백인 남자아이를 의미하는 것이었다. 이 책의 간단한 줄거리는 이러하다. 외국인 노동자의 자식인 흑인 남자아이 '샘'이 학교에서 보리스 일당에게 괴롭힘을 당하고 피부가 검다는 이유로 공격을 받는다. 그러던 중 보리스는 샘이 아무 잘못도 없는 불쌍한 아이임을 알고 미안함을 느끼며 함께 연주회에서 피아노 2중주를 성공하며 화해를 한다.

이 책의 초반부에 평화롭게 집에 있던 샘이 동네 청년들에게 이유 없이 공격을 당하는 장면이 나온다. 너무나도 어렸던 샘은 멀리서 화염병을 들고 다니는 사람들을 보며 축제를 한다는 생각을 하지만 갑자기 자신에게 화염병을 던지자 으레 겁을 먹고 영문도 모른 채 당할 수 밖에 없었다. 정말 평화로운 어느 날에 피부가 검다는 말도 안되는 이유로 돌을 맞고 화염병을 맞고 공격당하면 어떠한 기분일까? 내가 그 상황이었다면 그저 방에 숨은 채 하루 종일 울고만 있었을지도 모른다.

외국인 노동자를 대하는 시각은 크게 세 가지로 나뉜다. 먼저 샘을 공격했던 소년들이나 보리스 일당처럼 그들을 무작정 혐오하며 일자리가 부족한 것이 모두 외국인 노동자 때문이라고 여기며 쫓아내려하는 사람들이 있다. 두 번째로는 경비 아저씨나 반 아이들처럼 자신에게 피해만 입히지 않으면 전혀 상관없다며 무심한 태도로 자신들의 일만하는 시각이다. 마지막으로는 소냐, 소냐의 부모님, 핑케팡 선생님 등 차별받는 외국인 노동자를 옹호하고 도우려하는 태도이다.

앞으로 인터넷, 스마트폰 등의 영향으로 더욱 더 세계화가 진전될 것이다. 이러한 경향 속에서 우리는 수많은 외국인 노동자를 접하게 될 것이며, 그들과 함께 이 사회를 살아가야 한다. 나 역시 아직까지는 외국인과 함께 있는 것이 약간은 불편하고 어색하지만 그들과 대화를 나누다 보면 그 사람의 진실된 마음을 알게 되고 그들에게 마음을 열 것 같다. 다문화가 점점 증가하는 현재, 외국인 노동자를 단순히 피하고 무시하는 자세가 아닌 이야기나 교류를 통해 자신과 같은 인격체임을 깨달아야 한다.

외국인 노동자에게 관심을!

책제목 : 커피우유와 소보로빵
출판사 : 푸른 숲 주니어 · 지은이 : 카롤린 필립스

희정이

소보로빵은 좋아하지만 커피우유는 썩 내키지 않는 나는 처음에 소보로빵 이야기에 더 관심이 갈 것 같았다. 하지만 소보로빵은 백인인 보리스고 커피우유는 흑인인 샘임을 알고 한 쪽에 치우치면 안 된다는 생각을 하면서 책을 읽었다. 보리스와 샘은 서로 싫어하는 사이였다가 화해하는 해피엔딩으로 끝난다. 음악 경연대회 때 각각 그들은 멜로디와 반주를 맡아서 한 곡을 연주했다는 것이 신기하다.

뻔한 줄거리와 스토리였지만 그들이 이뤄내는 선율은 매우 아름다웠다. 그렇게 되기까지의 과정이 매우 흥미로웠다. 보리스의 부모님은 흑인인 샘보다 독일어를 잘 해야 한다며 다그쳤다. 그런데 보리스는 샘도 독일에서 태어났으니 똑같은 실력이라고 반박했다. 나는 그 때 조금 부끄러웠다. 나 또한 보리스의 부모님과 같은 색안경을 끼고 바라본 적이 있기 때문이다. 그 때 나에게 보리스와 같은 말을 해준 사람이 없었다는 것이 정말 안타까웠다.

샘네 윗층 아저씨처럼 외국인 노동자를 추방해야 한다는 사람들이 있다. 그리고 반대로 소냐의 부모님처럼 평등하게 그들을 대해야 한다는 사람들도 있다. 하지만 제일 문제가 있는 사람들은 외국인 노동자들이 우리와 아무런 관련이 없다고 생각하며 무관심한 사람들이다. 적어도 외국인 노동자들에게 관심을 주고 그 관심을 따뜻한 색깔로 칠할 수 있도록 만들어야 한다. 그리고 단일 민족국가임을 내세워 외국인 노동자들을 혐오하는 사람들을 위해 나라에서 국가적으로 공익광고를 보내고 있다. 그 공익광고 하나로 편견을 바꾸기는 힘들겠지만 자신을 반성하도록 할 수 있을 것 같다.

단일민족이라는 개념이 점점 흐려지고 세계화가 되면서 다문화 가정이 늘어가고 있는 요즘, 다문화 가정의 아이들이 폭력의 두려움에 시달리고 있다. 특히 학생들 간의 폭력이 이슈가 되고 있는데 여기서 원인은 어른들의 편견된 시각을 그대로 보고 배우는 데에 있다. 한 두 명의 피해는 개인적으로 볼 수 있겠지만 꽤나 큰 단위로 피해를 보는 학생들이 있음에 구조적으로 다가가야 한다.

줄거리

간결한 문체로 인종차별이라는 무거운 주제를 부담스럽지 않게 표현한 것이 장점으로 외국인 노동자의 자녀이자 유색인종이라는 이유로 폭력과 따돌림에 시달리는 열 살 소년의 이야기를 담담하게 그려냈다. 사람들의 의식변화가 단순히 제도적인 처우개선보다 중요하다는 메시지로 우리와도 밀접한 관련이 있는 문제를 다룬 수작이다.

시민단체가 이기적이다?

책제목 : 엔지오 대전
출판사 : 서커스 · 지은이 : 예고르 그랑

정윤이

　　우리나라뿐만 아니라 각 나라마다 수많은 시민단체가 존재한다. '예고르 그랑'의 '엔지오 대전'은 '녹색행진'과 '아이들에게 예방주사를'이라는 두 시민단체가 처음에는 사소한 다툼에서 시작하여 주체할 수 없을 정도의 싸움으로 번지는 모습을 해학적으로 보여준다. 심지어 이들은 각자 앞에서 상대편이 지키고자 하는 대상을 무참히 짓밟아버린다. 또한 그들은 입에 담을 수 조차 없는 상스러운 말은 물론이고 상대방을 사무실에 가두고 물에 잠기게 하는 행위도 서슴치 않는다.

　　시민 단체란 시민이 자발적으로 주체가 되어 시민들의 권리를 보장해주기 위해 직접 만든 단체를 말한다. 시민단체가 생명력을 가지고 각자의 활동이 진행되기 위해서는 네 가지 조건이 성립되어야 한다. 시민들이 손수 발벗고 나서는 '자발성', 본래의 뜻을 지켜나가는 '순수성', 개인의 이익을 챙기지 않는 '비영리성', 정치적으로 한 쪽으로 치우치지 않는 '중립성'이 필요하다.

'엔지오 대전'에 등장하는 두 시민단체는 물론 이 네가지 조건을 갖춘 상태로 만들어지긴 하였다. 하지만 그들은 서로의 싸움에서 상대편의 시민단체를 전혀 고려하지 않고 있다. '녹색 행진'앞에서 나무를 짓밟는 모습이나 '아이들에게 예방주사를' 앞에서 흑인 기아 포스터를 상스럽게 잘라 찢어버리는 모습들을 보면 이 책에 등장하는 시민단체들은 자신들의 단체만 옳은 것이라고 여기고 있는 듯하다.

시민단체가 성립되기 위해선 앞서 제시한 네 가지 조건을 갖추는 동시에 '이타적'이라는 조건을 하나 더 추가해야 할 것이다. 시민단체가 순수한 목적으로 만들어졌다 해도 다른 시민단체를 이해하지 못하고 비판하고 무시한다면 결국은 시민단체가 가지고 있는 목적자체가 변질되어 버리기 때문이다. 시민단체들이 서로를 배려하고 그 목적을 이해하며 조화를 이룬다면 시민단체들의 힘이 강화될 뿐만 아니라 나라의 발전에도 기여할 수 있을 것이다.

시민단체는 치킨 게임이 아닌,
사슴 사냥 게임을

책제목 : 엔지오 대전
출판사 : 서커스 · 지은이 : 예고르 그랑

> **희정이**

프랑스의 어떤 도시 건물에 두 시민단체가 입주했다. 녹색행진과 예방주사는 서로의 포스터를 찢고, 자동차와 자전거를 부수면서 전쟁이 시작됐다. 결론은 주인공의 녹색행진이 이겼다. 전쟁 중에 예방주사 사람들이 녹색 행진 간부들에게 협상하는 셈 치고 들어오라고 한 다음 가두어 버린 것이 제일 충격적이었다. 그렇게 까지 싸울 필요가 있었을까? 엔지오 대전에 나오는 시민단체는 자신의 일만 옳다고 생각하는 것 같았다. 그래서 우리나라 시민단체도 그럴까? 라는 의문을 갖게 되었다.

시민단체는 시민이 주체가 되어 시민에게 이익이나 권리를 확보해 주기 위해 만든 단체이다. 그리고 시민단체에는 수많은 종류가 있다. 복지, 의료, 소비, 환경 등 오늘날 시민단체는 셀 수 없이 많다. 시민단체를 바라보는 보통 사람들의 인식은 긍정적이다. 하지만 저자는 그러한 사람들에게 충격을 주고 싶었던 것 같다.

'녹색행진'은 환경을 생각해서 자동차를 타지도 않고 구성원들은 담배도 피우지 않는다. 그리고 '아이들에게 예방주사를' 사람들이 자동차를 타는 행동을 비판하는 건 좀 지나친 면이 있다. 하지만 '아이들에게 예방주사를' 사람들도 환경보다 아이들이 더 중요하다면서 녹색행진 사람들 앞에서 나무를 꺾는 행위는 분명 잘못됐다. 서로 양보하지 않아서 손해를 보는 치킨 게임을 하는 것 같아 아쉬웠을 뿐만 아니라, 시민단체 답지 못한 모습이 안타까웠다. 서로의 중요한 데이터를 없애려고 안달인 두 시민단체는 어리석다. 녹색행진의 활동들이 예방주사 사람들에게 알게 모르게 도움이 되고 있을지도 모를 일이다. 치킨게임의 결과는 두 쪽 다 손해를 본다.

우리나라 시민단체도 비슷한 일을 겪을까 조금 걱정이 앞선다. 나에게 제일 친숙한 시민단체인 '녹색 어머니회'가 점점 시민단체의 특징 중 하나인 자발성을 띄는 것 같지 않아서 걱정이다. 아이들에게 가장 친숙한 녹색 어머니회가 다시 제대로 된 시민단체의 모습을 보여준다면 자라나는 아이들에게도 좋은 영향을 줄 것이다.

줄거리

저자는 재정 문제나 정규직과 비정규직 간의 차별 문제처럼 현실에 뿌리 내리고 있는 조직으로서 피할 수 없는 문제뿐만 아니라, 그들의 신조와 어긋나는 일상의 안락한 소비문화에 대한 억누를 수 없는 충동에 저항하려는 개인들의 가망 없는 투쟁을 시종 유머러스한 필치로 그리고 있다.

독고민의 기다림과 불확실한 사랑

책제목 : 구운몽
출판사 : 문학과 지성사 · 지은이 : 최인훈

정윤이

　　최인훈의 '구운몽'을 읽었다. 우리가 꼭 읽어야 할 책들 중 하나로 이 책을 정했다. 구운몽의 내용 중 마지막에 나온 모든 사건이 꿈이었다는 반전이 가장 인상 깊은 장면으로 남는다.

　'구운몽' 앞부분에 주인공 독고민은 아주 허름한 집에서 산다. 옛 여인 숙이의 편지를 받고 찬란했던 과거를 회상하며, 어린 아이처럼 좋아하는 장면이 나온다. 이 부분을 읽으며 독고민이라는 사람은 자신의 연인에게 돈도 도둑 맞았는데도 불구하고 어떻게 다시 만나고 싶어하며, 그 오랜 세월동안 숙이를 잊지 못해 다른 사람을 한 번도 만나지 않았다는 것에 놀랐다. 독고민은 돌아올지 안 돌아올지 모르는 사람을 한 없이 기다렸다. 과연 나라면 이렇게 불확실한 사랑을 끝까지 기다릴 수 있었을까? 난 그렇게 하지 못했을 것이다. 죽을 만큼 사랑했었다면 상황이 달라질 수도 있지만 돈까지 가지고 자취도 없이 사라진 이를 끝까지 기다리진 못할 것이다.

이 책 속의 배경은 1961년 5.16 군사 쿠데타이다. 중간 중간에 독고민이 알 수 없는 사람들에게 쫓겨 도망다니던 중 그 동네에서 울려 퍼지던 스피커의 요란한 소리들이 환청처럼 들린다. 그 당시 살던 사람들이 5.16 군사 쿠데타로 많은 아픔을 겪었다. 또한 독재정권에 속아 가족도 잃고, 목숨도 잃은 사람들이 겪은 고통이 얼마나 컸는지는 충분히 짐작이 간다. 스피커 속에서는 국민 모두가 일어나 이런 끔찍한 정부를 바꿔야 한다고 외친다. 하지만 두려움을 느껴 자신들의 집의 문을 닫고 꼼짝하려 하지 않는 사람도 있었다. 나 역시 그 때 살았다면 어떻게 했을까? 아마 나의 목숨을 잃는 것이 두려워 숨었을지도 모른다.

'구운몽'은 여러 사건을 겪은 후 이 모든 것이 꿈이라는 반전으로 결말을 맺는다. 너무 여러 가지 내용이 겹치고 뒤얽혀 아직 내가 이해하기에는 너무 어려웠던 내용이 아닌가 싶다. 이러한 반전을 통해 최인훈이 말하고자 한 바가 무엇인지 알고 싶은 마음에 다시한번 구운몽을 읽어봐야겠다는 생각을 했다.

독고민의 꿈과 혁명

책제목 : 구운몽
출판사 : 문학과 지성사 · 지은이 : 최인훈

희정이

　최인훈의 '구운몽'이라는 책을 읽었다. 작년에 '홍길동전', 그리고 비슷한 내용의 '구운몽'을 읽었었다. 나는 당연히 이 책도 얼추 비슷한 내용일 것이라는 생각이 들었다. 지난달에 최인훈의 '광장'을 읽었을 때와 어떻게 느낌이 다를지도 몹시 궁금하였다. 하지만 첫 시작부터 분위기가 음침하여 신화나 전설은 아닌 것 같았다. 그럼 '도대체 왜 이름이 같은 것일까?' 의문을 가지면서 책을 읽었다.

　이 책의 몇몇 부분에서 혁명가와, 정치가들이 방송으로 의사표현을 한다. 혁명가는 이렇게 무책임한 정부를 믿을 수 없다는 듯이 일어나 바꿔야 한다고 주장한다. 그리고 정치가들은 자기들을 믿으라며 혁명이 이루어지면 안 된다는 듯이 말한다. 내 생각에는 주인공인 독고민은 혁명을 원했던 것 같다. 왜냐하면 독고민이 이 혁명을 주최했다고 뒷부분에 나오는데, 그것은 혁명을 바라는 마음이 처음부터 있었다는 말과 다름없다. 그럼 정부는 시민들이 혁명을 일으킬 만큼 무책임하였다는 소리인가? 내가 그 시대에 살았으면 나 또한 독고민처럼 혁명을 주최하였을지도 모른다. 그리고 혁명가들이 밖으로 나와서 함께 싸우자고 했는데, 왜 시민들은 아무도 나오지 않았을까? 처음 혁명가의 수는 극히 일부

였으리라 생각된다. 사람들은 정부의 군대를 동원한 강한 압력이 두려웠을 것이다. 하지만 나는 무책임한 정부에 대해서 시민들이 일어나서 바꿔야 할 필요가 있다고 생각한다.

독고민의 꿈에서 갑자기 어떤 늙은 사람들이 독고민 보고 사장님이라고 하면서 자기를 버리지 말아 달라고 한다. 독고민은 이 혁명을 그만둘지, 계속 이어나갈지 실제 현실에서 고민한 듯 싶다. 그 늙은 사람들은 사장님이 떠나가는 것을 막는 것 외에는 다른 방법이 없었을까? 뜻이 있는 사람들을 더 모아보거나, 아니면 자금을 충분히 대거나 하는 방법들도 있었을 텐데 매우 안타까웠다. 발레리나를 감독하는 늙은 할머니가 그 당시의 정부였다면, 독고민을 가지 말라고 하는 사람들은 혁명가였을지도 모른다. 그래도 다행인 것은 뜻이 있는 사람이 모였다는 것이고, 또 그 뜻을 향해서 노력을 했다는 점이다. 그리고 주인공 독고민이 그 뜻을 저버리지 않았다는 것이다.

꿈이랑 현실이랑 서로 섞어서 말해야 할 필요가 있을까? 그냥 그 시대의 일을 전개하는 게 글쓴이도 쓰기 편했을 것이다. 근데 지금 생각해 보니까 그렇게 표현한 것이 더 효과적인 것 같기도 하다. 하지만 독자 입장에선 어느 것이 현재인지, 어느 것이 꿈인지 헷갈린다. 처음에 읽었을 때는 아무 생각이 없었지만 한번 더 생각해보니 주인공은 그래서 결국 어떤 방법을 택했을지 소설에 언급되어 있지 않아 매우 궁금했다.

줄거리

꿈과 현실이 뒤죽박죽이어서 초현실적이기까지 하다. 하지만 이 소설이 쓰여진 시기가 1961년 군사 정부의 검열을 피하기 위해 이러한 장치를 썼을지도 모른다는 설명이 있다. 독고민이라는 남자가 갑자기 악몽을 꾸고 깨어나는데 오래전에 알고 지내던 여자로부터 온 편지를 받는데서 부터 시작된다. 고아장에 이어 최인훈의 뛰어난 작품으로 인정되고 있는 소설이다.

프랑스의 택시제도와 문화에서 배워야 할 점

책제목 : 나는 빠리의 택시 운전사
출판사 : 창비 · 지은이 : 홍세화

정윤이

　누구나 가보고 싶은 프랑스의 빠리. 그곳에서 몇 년간 택시 운전사로 지냈던 홍세화는 그 곳에서 겪은 여러 이야기를 바탕으로 '나는 빠리의 택시 운전사'를 썼다. 홍세화가 프랑스에 올 수 밖에 없었던 이야기, 프랑스에 살면서 겪었던 고통, 택시 기사로서 홍세화의 삶 등 많은 이야기들이 실려 있지만, 나에게 가장 관심을 끌었던 내용은 프랑스의 택시이다. 빠리의 택시는 우리 나라와는 많은 차이점을 가지고 있다. 가장 인상 깊었던 것은 프랑스의 택시는 요율제도와 추가요금이 있다는 것이다.

　먼저, 프랑스의 택시에 있는 요율제도는 거리, 시간에 따라 받는 요금이 달라지는 것이다. 프랑스의 택시를 보면 우리나라와 같은 'TAXI' 표시 밑에 조그마한 등이 세게 달려 있다. 왼쪽부터 A, B, C 로 A는 흰색으로 빠리 시내에서 낮에 운행한다. 반면에 B는 오렌지색으로 빠리 시내에서 밤에 운행한다. 그런데 교외로 나갈 경우 B는 교외에서 반대로 낮에 운행해야 한다. C는 파란색으로 교외에서 밤을 의미한다.

우리나라에서는 프랑스처럼 상황에 따라 상세히 요금을 정하지는 않는데 프랑스에서는 지역이나 시간에 따라 요금이 크게 다르다는 것이 어색하면서도 신기했다. 요율제도를 보면서 우리나라도 이런 제도를 들이면 좋을 것 같다는 생각을 하였다. 우리나라도 물론 야간 운행을 할 경우 추가요금이 붙긴 하지만 프랑스처럼 세세하게 분류하여 택시 요금을 처리하지 않는다. 좀 더 공정하고 계획적인 택시 운행을 위해서 본받기 좋은 제도이다.

두 번째로 인상 깊었던 것은 추가 요금이 붙는 것이다. 이것 역시 우리나라와는 다르게 사람수나 짐의 수에 따라 추가요금이 붙는 것이다. 우리나라에서 꼭 도입했으면 하는 좋은 제도인 것 같다. 가끔 가다보면 공항에서 택시 운전자들이 힘들게 손님의 짐을 싣고 내리는 장면을 목격한 적이 있다. 프랑스는 공정하게 이에 따라 요금이 붙는데 우리나라는 이러한 제도가 없다. 또한 프랑스는 택시운전사에 대해 보호가 철저하여 앞좌석에는 아무도 앉을 수 없다. 사람이 늘어나면 그에 대한 추가요금이 또 붙는 것도 이러한 이유 때문이다. 가끔 일행이 네 명인 경우에는 택시 운전사가 다음 택시에 나누어 타라고 말하기도 한다.

프랑스와 우리나라의 택시 문화가 굉장히 다르다는 것을 이 책을 통해 처음 알게 되었다. 이 외에도 프랑스 택시에서는 팁이 필수이고, 운전자 옆 좌석에 애완동물이나 애인 등을 태울 수 있다는 알지 못했던 문화가 들어 있다. 우리나라가 그동안 쌓아놓은 문화가 있어 쉽게 프랑스의 택시 문화를 받아들이지는 못하겠지만, 본받을 만한 제도들은 거부하지 말고 수용했으면 한다.

똘레랑스의 프랑스 문화

책제목 : 나는 빠리의 택시 운전사
출판사 : 창비 · 지은이 : 홍세화

희정이

　누구든지 이 책의 제목과 겉표지만을 보면 뭔가 관광 책 비슷한 느낌을 받을 것이다. 나 또한 제목만 듣고 이 책의 모든 내용이 빠리의 택시운전 기사가 경험한 내용만이 담겨있는 줄 알았다. 하지만 프랑스와 비교되는 한국사회의 문제점도 나오고 빠리에 오게 되면 주의해야 할 것 등이 나온다. 가장 나에게 충격을 주었던 건 우리나라와 반대되는 프랑스가 가지고 있는 사회의 분위기이다. 그 중 하나는 자신의 의사표현방법이 다르다는 것과 프랑스의 너무나 잘 정비되어 있는 교육 제도였다.

　이 책의 작가는 직장동료를 싫어했다고 나온다. 이유는 자기와 맞지 않는 반대의 의견을 가지고 있었기 때문이란다. 하지만 프랑스인 동료는 저자인 홍세화를 미워하지 않았다. 동료는 홍세화가 가지고 있는 의견을 미워한 것이고 홍세화를 미워하지 않았다. 그와 반대로 홍세화는 다른 의견을 가지고 있는 의견도 미워했고 그 동료 조차도 미워했다. 우리나라는 대부분 이 책의 지은이인 홍세화처럼 행동하는 사람들이 많다. 하지만 그것을 이겨내고 극복해야 하지 않을까. 작가의 말대로 그 의견만 미워하면 되지, 그 사람까지 미워하는 것은 아니라는 것이다. 설령 그 사람이 나와 반대된 의견을 가졌다 해도 인간성이 나쁘다는 이야기가 되는 것은 아니기 때문이다. 우리나라는 그러한 이유 (자신과 의견이 맞지 않다는 이유)로 살인사건이 일어나기도 한다. 그에 비하면 프랑스 사람들은 매우 관용적이라고 볼 수 있다.

또 이 책에는 홍세화가 자신의 자식들에게 편지를 쓰는 부분도 나온다. 그 중 한 내용은 한국으로 돌아가면 교육방식이 달라 힘들 것이라고 말한다. 프랑스는 답을 중요하게 여기기 보다 학생의 생각을 더 중요하게 여기는 문제가 많이 나온다고 했다. 하지만 한국은 어떠한가. 학생의 생각을 중요하게 여기는 문제보다 보기 5개 중에 답을 고르라는, 그리고 논리 있게 답을 구하라는 내용의 문제들이 대부분이다. 프랑스인은 이러한 한국의 교육을 보고 어떠한 생각을 할까. 내가 만약 프랑스 학생이었다면 한국을 좋지 않게 평가했을 것이다.

우리나라도 비록 역사와 문화가 다르다고 하더라도 프랑스와 똑같진 않더라도 프랑스의 사회시스템, 교육시스템, 사회적 분위기 등이 도입되었으면 좋겠다. 앞으로 우리나라의 어느 곳이든 세계 도시가 될 수 있는데 이러한 교육방식, 이러한 의사표현을 받아들이는 차이를 극복하지 않으면 우물안의 개구리가 될 수도 있다. 우리나라의 여러 도시들이 세계적인 경쟁력을 가질 수 있도록 진정한 세계도시로 발돋움하면 얼마나 좋을까.

줄거리

유럽에 갔다가 남민전 사건에 연루되어 귀국하지 못하고 빠리에 남아 관광안내, 택시운전 등 여러 직업을 전전하며 망명생활을 하고 있는 홍세화의 자전적 에쎄이. 그의 영업용 택시기사 시절 이야기를 중심으로 프랑스에 망명하기까지의 곡절, 그가 바라본 프랑스 사회의 단면, 대학시절의 추억 등 그 애환의 어제와 오늘이 담담한 문체로 그려져 소설 이상의 흥미와 감동을 불러일으킨다

한비야 선생님 그리고 월드비전

책제목 : 지도 밖으로 행군하라
출판사 : 푸른숲 · 지은이 : 한비야

정윤이

마이 꼬리 한비야 선생님께

안녕하세요. 한비야 선생님의 '지도 밖으로 행군하라'를 읽고 이 편지를 쓰게 된 김정윤이라고 합니다. 이 책을 읽으며 느낀 점도 많고 새롭게 알게 된 것도 많아요. 얼마 전에 선생님께서 출연하신 '무릎팍 도사'를 본 적이 있는데, 참 많은 것들이 궁금했습니다.

한비야 선생님은 어쩌다 구호 활동을 시작하게 되셨나요? 구호 활동을 처음부터 시작하기에는 그리 이른 나이가 아니었고 자신보다 어린 사람들과 같은 대우를 받으며 배워 나가야 하는데도 그런 용기가 나오는 선생님의 모습이 대단하신 것 같아요. 목숨이 위험할 수도 있고 돈도 그렇게 많이 버는 직업이 아님에도 불구하고 항상 밝게 웃으시는 모습에 감동을 받았습니다. 온 몸이 병에 걸리면서도 꿋꿋하게 이겨내고 보기에도 끔찍한 상황을 지켜내는 용기를 저도 본받고 싶습니다.

아직 세계의 난민들과 기아들이 무수히 많다는 것을 알았어요. 끔찍한 지뢰도 없애는데만 천 년이라는 세월이 걸린다는 사실을 알고 커다란 충격을 받았구요. 선생님께서는 월드비전 긴급구호팀장으로서 계속 이 일을 하신다고 들었습니다. 앞으로도 그 마음 변치 마시고 세계를 구할 멋진 사람으로 남았으면 좋겠습니다. 저도 한비야 선생님의 뜻을 조금이나 실천할 수 있는 기회를 갖도록 열심히 노력하겠다는 다짐을 해봅니다.

2010년 9월 12일
김정윤 올림

'대한민국 사람 한 명, 한 명이 대표'

책제목 : 지도 밖으로 행군하라.
출판사 : 푸른숲 · 지은이 : 한비야

희정이

존경하는 한비야 선생님께

안녕하세요. 저는 선생님의 책을 읽은 한희정 이라고 합니다. 선생님의 이름은
인터넷과 TV로 많이 들어봤습니다. '네티즌이 만나고 싶은 사람 1위'라는 기사
를 봤어요. 그래서 저번부터 선생님에 대해서 궁금했었는데 이 책을 읽은 저
에게 매우 도움이 됐습니다.

책을 읽는 내내 전 엄청난 감동과 희열을 느꼈습니다. 자원봉사에 관심이 있던
저는 이러한 직업도 있었는지 몰랐었거든요. 제가 선생님과 성격이 비슷한 것
같아요. 사람들과 어울리기 좋아하고 봉사하는 것을 즐기는 것이 저랑 매우 비
슷하거든요. 저도 선생님처럼 꼭 봉사활동을 하고 싶어요.

선생님은 비록 피가 끓는 20대 청춘은 아니지만 열정은 그들보다 뛰어나신 것
같네요. 제가 현장에 있는 것은 아니지만, 현장에 있었던 것 같은 느낌을 받았

어요. 특히 코드블랙이어서 철수해야 하는데 비행기가 모자라서 현장에 있었어야 하는 상황에는 더더욱 현장 분위기를 생생하게 느낄 수 있었습니다. 또 하나 기억에 남는 것은 '대한민국 사람 한 명 한 명이 대표'라는 말씀입니다. 이 구절은 제 마음속에 쏙 들어왔고 공감이 갔습니다. 그 나라 사람이 좋아지면 그 나라도 좋아지므로 외국에 나가서는 국민 모두가 대표가 된다라는 말, 저는 이제까지 외국에 나갈 기회가 좀처럼 없었습니다. 앞으로 외국에 나가야 할 일이 생기면 선생님의 말씀을 꼭 생각하고 있을께요!

선생님을 존경하는 가장 큰 이유는 힘든 일이지만 즐겨서 하신다는 점입니다. 과연 그런 일을 하는 사람이 몇 명이나 될까요. 잘 다니던 직장을 그만두고 하고 싶은 일을 찾아서 하는 일. 그 용기가 정말 대단하다고 생각됩니다. 저도 그렇게 할 수 있을까요? 이 책은 저 뿐만이 아니라, 주위 모든 사람들에게 꼭 추천해 보고 싶네요. 번쩍번쩍한 세계의 이면엔 어떤 것들이 있는지도 다른 사람들도 알았으면 좋겠습니다. 앞으로 또 어떤 일을 하실지 기대가 되네요. 그럼 안녕히 계세요

2012. 09. 12
한희정 올림

줄거리

그녀가 지난 5년간 밟아온 세계 긴급구호의 현장 보고서이자, 자유롭고 거침없이 사는 우리 인생의 새로운 역할 모델 한비야의 삶의 보고서이다. 다시금 바람(hope)의 딸, 세계의 딸로 우뚝 선, 자아가 한층 더 팽창된 그녀의 모습 속에서 또 다른 에너지와 가능성을 발견할 수 있다

내가 만약 클라라였다면

책제목 : 빼앗긴 내일
출판사 : 한겨레 아이들 · 지은이 : 피테쿠르외 7명

정윤이
　끔찍한 전쟁 속에서 몇몇 아이들은 그런 상황에서 조금이라도 벗어나고 싶고 다 털어 버리고 싶을 때 일기를 쓴다. 즐라타 필리포빅이 엮은 '빼앗긴 내일'은 1차 세계대전부터 이라크 전쟁까지 중 아이들이 적은 일기들이 모아져 있다. 그 속에는 열 한 살짜리 꼬마 아이부터 20살이 되자마자 전쟁이 터져 군대에 끌려간 소년 등 많은 아이들이 적은 일기들이 소개된다.

　많은 일기 중 인상 깊던 부분은 클라라가 쓴 일기로, 유태인 대학살이 벌어지는 동안 유태인 가족들이 주택 지하에 숨어서 몇 년을 지내는 장면이다. 바로 위에 독일 군인이 돌아다니고 숨도 제대로 못 쉬며 결국은 끝까지 살아남은 클라라의 가족들을 보며, 손에 땀을 쥐기도 하고 정말 대단하다는 생각이 들었다. 내가 만약 클라라였다면 갑갑하고 징그러운 쥐들이 돌아다니는 지하에서 절대 살수 없었을 것이다.

　풋풋한 20살에 베트남 전쟁에 끌려간 에드 블랑코의 일기도 인상 깊었다. 처음에는 들 뜬 마음으로 모험심을 가지고 미국을 떠나 베트남 전쟁에 합류했지만 전쟁이 계속 끊이지 않을수록 전쟁이라는 것이 얼마나 끔찍하고 비참한 것인지 알게 된다. 주변 동료들이 하나들 죽어가고, 언제 터질지 모르는 폭탄에 항상 마음 졸이고, 심지어는 정말 폭탄 파편에 목과 턱에 구멍이나 수술까지 겪는다. 이렇게 힘든 전쟁 속에서 살아남아 나라를 지킨다는 것이 얼마나 대단한 일인지 깨닫는다.

전쟁이 우리에게 주는 교훈 중 가장 중요한 것은 평화다. 평화를 유지하면 끔찍한 전쟁이 일어나지도 않고 사람도 죽는 일이 발생하지 않는다. 하지만 또 평화를 유지하기 위해선 어쩔 수 없이 전쟁이 필요하다. 현재 전 세계에 핵이 존재하는 것도 이를 위해서다. 핵을 보유함으로써 위협과 두려움 속에 평화를 유지해가고 있기 때문이다. 전쟁은 일어나서는 안 되는 악이지만, 피해갈 수 없는 재앙이기도 하다.

전쟁, 위로 받고 싶은 아이들

책제목 : 빼앗긴 내일
출판사 : 한겨레 아이들 · 지은이 : 피테쿠르외 7명

희정이

    '빼앗긴 내일'이라는 책은 즐라타 필리포빅이 엮은 전쟁일기 모음이다. 1차 세계대전부터 5~6년 전에 있었던 이라크 전쟁까지의 아이들의 일기를 담아 놓은 것이다. 대부분 일기의 저자는 미성년자들이다. 이 아이들은 있는 그대로 전쟁의 느낌을 전해주고 있다. 그래서 더 슬픈 느낌을 준다.

    가장 인상 깊었던 장면은 유태인 대학살 때 유태인 이라는 이유만으로 지하실에 숨어 지내야만 했던 15살 소녀 클라라 슈왈츠의 이야기이다. 클라라네는 피해 숨을 곳을 찾다가 운 좋게 착한 독일인을 만나 그 집 지하실에 숨어 살게 된다. 그곳에서 17명의 유태인들과 2년 동안 숨어 살게 된다. 그 집에는 나치스 군인들이 놀러 와서 수다도 떨고 심지어 유태인 학살 계획도 세웠다. 하루는 독일인이 유태인을 본 것 같아서 찾다가 집주인이 융통성을 발휘해서 살았다. 사전에 유태인이 독일인한테 들켰던 것 같다고 집주인에게 말을 안했다면 클라라는 죽었을지도 모른다. 한 집에 자기를 죽이려는 사람과 있다니… 진짜 어떻게 버틴건지 대단하다.

두 번째 기억에 남는 이야기는 이스라엘-팔레스타인 전쟁 중 이스라엘 친구 시란 젤라코비치, 팔레스타인 친구 메리 해즈보운이다. 두 친구는 서로 대립하고 갈등관계인 나라에 산다. 처음 이스라엘 친구의 일기를 보니 팔레스타인이 나쁘게 느껴졌는데 팔레스타인 친구 일기를 보니 이스라엘 친구가 나빠 보인다. 결국 둘 다 손해를 입히고, 손해를 주고 받고 있었다. 이 두 친구들은 아무 죄도 없고 꿈 많던 소녀들인데 너무 불쌍하다. 전쟁은 하는 나라 모두 손해를 주는 것처럼 느껴진다.

대략 8명의 전쟁 일기를 읽었다. 읽다 보니 이들은 모두 누군가에게 위로 받고 싶고 암울하게 일기를 쓰고 있다는 공통점을 발견했다. 지구상 역사를 100년으로 본다면 평화의 시간은 2년 뿐이라고 한다. 98년 동안 전쟁을 한다는 것이다. 그 동안 얼마나 많은 희생자가 나왔는지 생각만해도 눈물이 나올 것 같다. 전쟁이 우리에게 주는 교훈 중 가장 중요한 것은 더불어 서로 돕고 살자는 것이다. 그러면 차츰차츰 지구 역사 100년 중에 50년은 평화로 바뀌지 않을까?

줄거리

1,2차 세계대전, 베트남 전쟁, 보스니아 전쟁, 이스라엘-팔레스타인 분쟁, 이라크 전쟁을 겪은 8명의 어린이들과 청소년이 쓴 전쟁 일기집이다. 이 책은 어린이들로 하여금 전쟁 속의 삶을 이해하게 해주는데 도움이 된다. 또한 전쟁을 자신과 상관없는 것으로 여기고 있는 우리 아이들에게 전쟁이란 것이 어떤 것인지 상세하게 알려주므로 구호로만 존재했던 평화의 개념과 중요성을 자연스레 깨우쳐 준다.

인터넷이라는 문명의 이기

책제목 : 딜레마에 빠진 인터넷2
출판사 : 굿인포메이션 · 지은이 : 홍윤선

> **정윤이**

　이제 우리는 인터넷 없이는 살 수 없는 시대에 살고 있다. 지금 다섯, 여섯 살인 아기들이 스마트폰을 가지고 놀고 인터넷 접속만 해도 왠만한 정보는 다 알 수 있는 그러한 시대에 살고 있다. 나도 인터넷에 많이 의존을 한다. 숙제를 하거나 한글 문서 제작, 드라마나 영화 등 영상 다운, MP3 파일 다운, 뉴스, 정보 검색 그리고 채팅 등 내 삶에서 인터넷은 큰 비중을 차지한다.

　인터넷은 우리에게 많은 행복과 불행을 동시에 안겨 준다. 빠른 검색이나 새로운 정보를 손쉽게 얻을 수도 있지만, 잘못된 루머나 허황된 정보도 비일비재하다. 또한 인터넷을 절제하지 못하여 중독되는 현상도 발생하고 있다. 이 뿐만이 아니다. 연예인들을 죽음으로 몰아넣는 악성댓글, 신상정보가 유출되어 괴로워하는 일반인, 이들은 인터넷이라는 끔찍한 세상에 갇혀버렸다고 해도 과언이 아니다.

　모든 사람들이 과연 디지털 사회, 인터넷 세계에 종속되지 않고 살 수 있을까?

나의 대답은 '아니오'이다. 나도 가끔 숙제 한답시고 인터넷에 접속해 계속 다른 곳으로 새어 30분이면 끝날 숙제를 3시간이나 걸린 적이 있다. 그래도 나는 컴퓨터를 즐겨하는 편이 아니지만 평소에 인터넷 게임을 좋아하며 절제력이 약한 사람들은 게임으로 밤을 새는 경우도 있을 것이다. 그렇게 되면 자연스레 인터넷에 얽매이게 되고, 따라서 인터넷에 종속되어 살 수 밖에 없다.

중독, 루머, 악성댓글, 유해 사이트 등 딜레마에 깊이 빠져버린 인터넷을 해결하기 위해서는 물론 법이나 제도도 중요하지만 무엇보다 중요한 것은 주변 환경이다. 중독 증세를 보이고 루머 등을 곧이 곧대로 믿는, 인터넷에서 벗어나지 못해 이리저리 끌려 다니는 이들을 주위에서 막아주고 상담 등으로 중독에서 벗어날 수 있게 해주어야 한다. 이 일이 성과를 거두면 우리는 정말 똑똑한 인터넷을 하게 될 것이다.

인터넷 종속과 불안한 마음들

책제목 : 딜레마에 빠진 인터넷2
출판사 : 굿인포메이션 · 지은이 : 홍윤선

희정이　인터넷은 모든 사람들에게 필수적으로 필요한 아이템이 되었다. 나는 주로 인터넷 강의 같은 학습자료로 사용하고 영화 예매나 커뮤니티, 채팅 등도 많이 사용한다. 지나간 드라마를 보기도 하고 심심할 땐 만화도 본다. 올해 10살인 동생은 알림장 확인용으로 사용한다. 선생님께서 한 사이트에 매일 그날의 알림장을 올려 놓으신다고 한다.

인터넷 속에는 수많은 정보가 있어서 '정보의 홍수'라고도 한다. 이 때문에 불확실한 정보들도 마치 정확한 정보인 것 같이 꾸며서 속아 넘어갈 때가 종종 있다. 그리고 인터넷은 광고주들의 주 놀이터이다. 성형외과 광고부터 핸드폰 광고까지 정말 눈이 아프다. 어떤 경우에는 내가 들어간 사이트 때문에 수많은 광고 파일이 컴퓨터에 저절로 설치되었다. 한동안 그 프로그램들을 삭제하느라 힘들었다.

우리는 이미 인터넷 세계에 종속당하고 있다. 그래서 인터넷이 없으면 뭔가 불안한 마음이 드는 건 사실이다. 하지만 이 만큼 발전할 수 있었던 이유는 우리가 인터넷을 많이 사용하기 때문에 무엇이 불편한지 알고 더 편리하고 새로운 것을 개발했기 때문이다. 인터넷을 연구하고 많이 사용하는 유저들이 없었다면 지금과 같은 시대는 없었을지도 모른다. 오늘 학원에 올 때 버스가 오는 시간에 맞추어 준비를 하고 집에서 출발하니 정확하게 버스가 도착했고 기다리는 시간 없이 버스를 탔다. 이것 또한 인터넷에 종속되어 있는 사람이 만들어준 하나의 편리함 아닐까?

지금 인터넷은 한 사람의 사망 원인이 되기도 한다. 사망 원인이 심장발작 등이 아니라 훗날에는 '인터넷 악플에 의한 자살'로 기록될 수도 있을 것이다. 이런 문제점들을 해결하기 위해선 홈페이지 운영자들의 철저한 시스템관리 등이 있다. 물론 네티즌들도 의식을 바꾸어 '인터넷으로 인한 자살'이 없어졌으면 좋겠다.

줄거리

인터넷이란 공간에 갇혀 살게 된 사람들은 이제 필요에 의해서라기보다 무의식적으로 접속한다. 정체성마저 흔들리는 인터넷 공간, 이 공간은 과연 바람직한 것인가? 이 책은 이러한 인터넷 문화의 원인과 현상들을 하나한 집어보고자 기획되었다. 포르노 강국, 정보 과부하, 현대인의 정체성 위기 등 당면한 인터넷 문화에 대해 한 인터넷 기업의 대표로 있으면서 직접적으로 그 문제를 느꼈던 저자의 솔직한 느낌과 비판을 담았다.

사람은 누구나 변화의 주체가 될 수 있다

책제목 : 사회란 무엇인가
출판사 : 책세상 · 지은이 : 김성은

정윤이

　　김성은의 '사회란 무엇인가'는 말 그대로 사회를 설명해 놓은 책이다. 하지만 딱딱하고 지루한 책이 아닌 '사회'라는 용어를 새롭고 다양한 측면으로 접근하여 우리 스스로가 사회에 대해 생각해보고 정의를 내릴 수 있게 도와주는 책이다. 또한 사회 속에서 우리는 어떻게 행동하고 생활해야 하는지도 다양한 예를 들어가며 설명해 준다.

　이 책을 접하면서 새롭게 알게 된 사실이 몇 가지 잇다. 첫째 '사회'라는 단어는 오래 전부터 쓰이던 말이 아니라 19세기에 들어서 급격하게 생긴 용어라는 것이다. 현재 우리는 살아가면서 '사회'가 중요해지고 있을 뿐만 아니라 굉장히 많이 쓰이는 단어인데 예전에는 사회라는 단어 없이도 아무 문제 없이 살았다고 한다. 그 이전에라도 사회라는 현상을 대체할 말이 있었을 텐데 어떤 용어로 사용되었는지 궁금하다. 두 번째, 사회는 뜻이 한 가지가 아니라는 것이다. 이 세상에는 수 많은 사회론자들이 존재하는데 그들은 사회에 대해 제각기 다른 정의를 가지고 있다.

나도 나름대로 사회라는 용어에 정의를 내려 보았다. 사회는 사람들은 알 수 없게 지배하는 신기한 감옥이다. 우리는 평소에 사회라는 것에 얽매이지 않는다고 주장하지만 우리가 살아가면서의 대부분의 행동들은 이미 눈에 보이지 않게 얽매여 있다. 유명한 브랜드를 구입하는 것, 신상품을 사는 것, 좋은 직업을 갖기 위해 학교, 학원에서 공부하는 것 등 대부분의 행동은 사회 때문에 발생하는 현상이다. 남들이 봐주지 않고 자신 혼자만 있다면 굳이 이러한 행동들을 하지는 않았을 것이다. 사회는 우리의 뒤에서 알게 모르게 우리를 지배하고 있다.

　이러한 사회 속에서 '개천에서 용 나기'는 쉽지 않은 일이다. 잘 살던 사람은 더 잘 살고 못 살던 사람은 더 못 사는 것처럼 사회 속에는 너무 많은 모순이 존재하기 때문이다. 하지만 사회를 인간의 힘으로 변화시킬 수는 있다. 정말 빈 손으로 시작하더라도 새로운 발상과 노력을 통해 개천에서라도 용이 날 수 있다.

　우리는 사회 속에서 벗어날 수 없다. 하지만 사회를 변화시킬 수는 있다. 개천에서 용이 나고 혁명이 일어난다면 사회는 형태가 변한다. 최근 스마트폰이 좋은 예가 될 수 있다. 스마트폰의 등장으로 사람들의 의식 또한 많이 바뀌었다. 사람들은 누구나 변화의 주체가 될 수 있다. 그렇게 사회는 끊임없이 다른 모습으로 변하며 계속 우리 곁에 있을 것이다.

우리가 사는 세상의 보이지 않는 끈

책제목 : 사회란 무엇인가
출판사 : 책세상 · 지은이 : 김성은

희정이

　'사회란 무엇인가'라는 책은 사회를 넓게 바라보며 사회현상을 조목조목 짚어본다. 고대, 중세, 근대에서 현대에 이르기까지 '사회'라는 것은 어떻게 시작되었고 그 의미가 조금씩 변하고 있다는 것을 알려준다. 나도 사회의 구성원이지만 사회가 무엇인지도 모르고 지금까지 아는 체 하면서 살아왔다. 아직 완벽히 다 아는 것은 아니지만 조금이나마 사회에 대해 알게 되었고 관심도 부쩍 늘어났다.

　특히 나를 놀라게 했던 것은 자본주의의 성장 원동력이 개신교의 금욕주의라는 부분이다. 사람들이 천국에 가기 위해 돈을 축척한 것이 결국 자본주의를 낳는 힘이 되었다고 한다. 아무런 관련이 없을 것 같아 보이는 종교와 경제가 긴밀히 연결됨에 따라 여러 가지 결과가 나올 수 있는 것 같다. 사람들의 가치관이나 믿음 또한 아마 연결되어 있을 지도 모른다. 하나 더 신기한 건 우리가 지금처럼 식탁에서 코를 후비지 않고 목욕탕까지 옷을 입고 가는 것은 어쩌면 당연한 일이다. 하지만 과거에는 그러지 않았고 하지 말라고 훈련 받고 교육받았다고 한다. 제일 먼저 왕실 사람이나 귀족들이 그랬는데 거기에 맞추기 위해 기사, 부르주아에게 까지 퍼졌다. 이제는 누가 시키지 않아도 된다. 이것은 모두 사회가 만든 것이다. 개인을 억압하는 사회라도 장점은 있다.

사회란 공동체 집단의 한 부분일 뿐이다. 퇴니에스는 우리가 속해 있는 사회와 공동체가 분리되어 있다고 했다. 분명 차이점은 있다. 그것은 단지 모형에 불과하다. 공동체 안에서 사회가 생겨났고 사회가 커졌을 뿐이다. 사회랑 공동체가 같은 성격을 띄는 경우가 바로 이 때문이다.

현대사회가 변화되고 발전한 것은 좋지만 달라진 특성 때문에 생긴 안 좋은 점이 있다. 사회가 발전하면서 자본의 양극화는 심해지고 부익부 빈익빈 현상이 심해지고 있다. 이런 악순환에서 가난은 계속 재생산되므로 계층 이동이 매우 어려워질 것이다. 사회는 인간의 가치관이나 성격을 바꿀 수 있다. 지금과 같은 사회적 불평등을 해소하기 위해 발 벗고 뛰는 사람들이 있을지도 모른다. 우리는 그러한 사람들 보고 정신이 나갔다고 하지 말고 응원해 주어야 한다.

우리가 사는 세상에는 보이지 않는 끈이 있는 것 같다. 끈이 촘촘해지거나 느슨해지냐에 따라서 사회는 결정된다. 둘 중 하나가 좋다는 것이 아니다. 우리 사회에 맞는 촘촘함이 필요하다.

줄거리

폴리스라는 최초의 사회를 이루었던 고대 아테네에서 다현대 사회에 이르기까지 사회의 변화와 다양한 사회 이론, 그리고 이에 따른 사회 문제들을 사회문제와 개념을 그림과 함께 설명하였다.

고독의 끝을 산 반 고흐

책제목 : 반 고흐, 영혼의 편지
출판사 : 예람 · 지은이 : 빈센트 반 고흐

정윤이

'꽃병에 꽂힌 열두 송이 해바라기', '까마귀가 나는 밀밭' 등 현재 1000억원에 가까운 고가로 팔리는 그림을 그린 반 고흐, 그는 살아 있을 적엔 아무런 관심도 돈도 벌지 못한 채 쓸쓸히 죽어갔고 사후에 이름을 날리게 되었다. 어째서 그는 사후에 더 유명해지고 각광 받을 수 있었을까?

고흐는 인생을 고독으로 살며 고독을 그리며, 고독으로 끝맺은 사람이다. 그는 정말 고독의 끝을 달리다 간 예술가이다. '반 고흐, 영혼의 편지'중 이런 글귀가 나온다. "건강은 확실히 좋아졌지만 희망이나 무언가를 이루려는 욕망은 완전히 부서져버렸다. 이제는 오직 필요에 의해, 정신적으로 너무 많이 고통받지 않기 위해, 그리고 마음을 다른 곳으로 돌리기 위해 그림을 그릴 뿐이다."그의 말대로 그는 고독 속의 고통에서 벗어나고 싶었기에 그림을 그려 왔다. 실제 그의 그림을 보면 대부분의 작품에서 어둡고 외롭고 쓸쓸함을 느낄 수 있다.

그를 고독의 끝자락으로 몰고 간 가난과 질병은 그를 사후 위대한 예술가로 남게 해 주었다. 사람이 살아서든 죽어서든 성공을 하고, 꿈을 이루기 위해서는 가난이 필요하다. 여기서 말하는 가난은 물질적인 가난만을 말하는 것이 아니다. 정신적 가난, 마음 속의 가난, 좌절과 실패 등 꿈을 향해 달리다 겪을 수 있는 모든 가난을 말한다. 세계 최고 피겨 스케이터 김연아도 많은 가난 속에 성공을 이루었다. 부상, 좌절, 포기 그리고 다시 비상, 수많은 노력들이 있었기에 그녀는 지금 최고의 자리에 서 있는 것이다.

이렇듯 고흐도 가난과 함께 성장하고, 그것을 캔버스에 옮겼다. 가족, 세상, 사랑과의 단절은 고흐에게 커다란 벽을 만들어 삶과의 거리를 멀게 하였다. 하지만 그러한 고달픔 속의 엄청난 집념과 노력으로 그는 위대한 예술가가 될 수 있었다. 우리 모두에게 남기고 싶어 했던 고흐의 메시지는 무엇이며 우리는 어떠한 삶을 살아야 하는가? 나는 단언한다. 누구나 살면서 좌절과 삶의 고통을 겪게 되지만 이겨내고자하는 의지가 있다면 충분히 극복가능하다는 평범한 진리를 되새기게 한다. '반 고흐, 영혼의 편지'는 우리를 되돌아 볼 수 있게 해주고 앞으로의 인생의 자세를 생각할 수 있게 하는 좋은 책이다.

애정결핍

책제목 : 반 고흐, 영혼의 편지
출판사 : 예람 · 지은이 : 빈센트 반 고흐

희정이

　반 고흐는 유명한 화가이다. 하지만 왜 유명한지는 모른 채 지내왔다. 예술가들은 그들만의 아는 세계가 있는 것 같고 일반인은 이해할 수 없는 그 무엇이 있을 것 같았기에 미술 작품은 물론이고 반 고흐에게도 관심이 없었다. 그래도 책을 접하게 된 후, 한 번 읽어야겠다는 생각을 하고 지루한 부분도 있었지만 잘 읽어갈 수 있었다.

　반 고흐가 생전에 주고 받았던 편지로 엮어진 이 책은 그 당시 고흐의 생활이 생동감 있게 느껴졌다. 고흐는 그 날 있었던 일과 자신의 느낌을 써내려 갔는데 멋진 글귀가 많았다. 고흐는 매우 가난했음에도 불구하고 '돈을 위해 자신을 잊고 그림을 그리는 것은 불쾌한 일이다' 라고 했다. 우선 그가 진정한 예술가의 면모를 갖추고 있음에 놀랐다. 이 글귀에서 한가지 더 인상 깊은 사실은 돈을 위해 그림을 그리는 것은 자신을 잊어야 한다는 것이다. 즉, 고흐 자신은 자기 자신을 잊어야 사람들의 흥미를 끌기 위한 그림을 그릴 수 있다는 것이다. 왜냐하면 자기는 상품적인 그림을 그리는 화가가 아니기 때문이라는 것을 보여준다.

사람은 자신이 힘들 때 더 좋은 작품이 나오고 강인해진다. 내가 보기에 고흐는 배부르고 마음이 편했던 적이 없었던 것 같다. 그래서 그의 작품은 하나하나 진심이 담겨 있어 좋은 작품으로 평가 받는 듯 싶다. 고흐에게 동생 테오까지 없었으면 아마도 일찍 자살했을지도 모른다. 편지로 돈을 보내달라고 부탁하는 형이 밉고 원망스러울 수도 있었을 텐데 끝까지 형을 따른 테오도 멋있다.

고흐라는 예술가를 이야기할 때 '애정결핍'이라는 단어가 어울린다. 결혼도 하지 못하고 친구, 가족에게도 소외 당하는 그가 불쌍하다. 그의 영혼은 편안하게 쉬고 있으면 좋겠다. 어쩌면 그는 죽어서까지 그림을 그리고 있을지도 모른다.

줄거리

고흐가 가족이나 동료들과 주고받은 편지들을 선별하여 엮은 책으로 그의 삶과 예술 세계를 잘 보여주고 있다. 편지 원문을 그대로 모아 놓았고 편지에 언급된 그림이나 각 시기에 해당하는 작품을 실려 있어 독자들이 고흐의 작품과 정신세계를 이해하는데 도움이 된다.

짐승이 인간보다 뛰어난 것은

책제목 : 생명이 있는 것은 다 아름답다
출판사 : 호형출판 · 지은이 : 최재천

정윤이

　　최재천교수는 평소에 내가 굉장히 좋아하는 분이다. 그가 쓴 글
에서는 교훈, 눈물, 감동, 사랑을 느낄 수 있다. 그기 집필한 책 중 '생명이 있는
것은 다 아름답다'라는 책이 있다. 이 책을 두 번이나 읽을 정도로 나에게는 흥
미로운 책이었다.

　　최재천 교수의 글을 보면 두드러지는 특징들이 있다. 2~3장에 걸치는 에피소
드들이 수 없이 모여 있고, 동물의 사회와 인간의 사회를 항상 연결한다. 첫 부
분은 사소하고 평범하며 일상적인 사람들의 관심사가 등장한다. 중간부터는 특
정한 동물을 가지고 좀 더 구체적이고 흥미로운 사례들을 제시한다. 마지막으로
는 같은 시선으로 인간을 바라본다. 인간의 본능, 사람, 욕구, 의지, 경쟁 등을
동물과 같은 사회의 시선으로 바라본다는 뜻이다. 그가 쓴 칼럼 등에서도 이 같
은 면을 찾아 볼 수 있었는데, '생명이 있는 것은 다 아름답다'에서는 그 특징이
아주 두드러지게 나타났다.

이 책에는 60개에 달하는 에피소드들이 모여 있다. 그 내용도 모두 각양각색이어서 어떠한 글이 가장 뜻 깊었는지도 고르기 힘들다. 그래도 그 중에서 가장 호기심 있게 읽은 이야기를 꼽으라면 '흡혈박쥐의 헌혈'과 '동물도 죽음을 애도한다'라는 에피소드를 고를 것이다. 먼저 '흡혈 박쥐의 헌혈'에서는 말 그대로 흡혈 박쥐와 헌혈이 등장한다. 드라큘라와 같은 존재로 알고 있던 흡혈 박쥐가 알고 보니 동물의 피만 조금씩 먹고 굶은 박쥐 이웃에게 자신의 피를 나누어 준다는 것이다. 이렇게 자발적으로 이웃을 위해 피를 나누어 주는 박쥐가 있는 반면 대부분의 인간은 사람들의 시선에 못 이겨 헌혈을 하지 않은가. '동물도 죽음을 애도한다'에서도 인간에게 큰 교훈을 안겨다 준다. 코끼리는 길을 가다가도 자신의 어머니의 두개골을 발견하면 시도 때도 없이 그것을 굴리고 주변을 서성거린다고 한다. 자신의 일이 바쁘다고 어머니의 산소조차 찾지 않는 사람들은 이 이야기를 보고 부끄러움을 감추어선 안 된다.

우리 인간보다 지능이 떨어진다며 무시하던 동물들을 이제는 우리가 본 받아야 할 대상이 되었다. 마음에서 우러나와 피를 나누는 박쥐, 끝까지 어머니 주검 옆을 지키다 죽은 어린 침팬지, 이들을 우리는 단순히 미개한 짐승으로 치부하는 것이 과연 옳은 일인지 생각해 보아야 하며, 동물의 사회에서 인간이 머리 숙여야 할 일이 없는지도 살펴보아야 한다.

동물들도 거짓말을 한다고?

책제목 : 생명이 있는 것은 다 아름답다
출판사 : 호형출판 · 지은이 : 최재천

희정이

　'생명이 아름답다'는 이야기는 누구나 한번쯤 다 들었을 것이다. 책에 나오는 동물들의 자식에 대한 사랑, 또 출산의 고통 등의 이야기를 통해 다시 한 번 아름답다고 깨달았다. 지은이 최재천은 동물학자이다. 그래서 동물세계의 내용을 우리가 사는 사회에 자꾸 연결시킨다. 이를 통해 교훈도 주고 반성하게끔 한다. 동물은 남의 자식도 사랑한다. 인간과 달리 자신의 알이 아니라도 타조는 잘 품는다. 동물보다 지적 능력이 뛰어난 인간이라지만 부족한 게 많은 것 같다. 하지만 항상 이렇듯 교훈만 주는 건 아니다.

　요즘 연상연하 커플이 많다. 예전에 이슈거리가 되고 꽤나 놀라운 일이었지만 최근엔 그렇지 않다. 최재천 교수는 남자가 왜 연상의 여자를 선택하는지에 대해 생물학적으로 분석하려고 시도했다. 하지만 결과는 잘 모르겠다고 나와 있다. 나는 애초에 이러한 현상을 생물학적으로 분석한다는 것 자체가 의아하게 느껴졌다. 이것은 단순한 사회의 트랜드이고 개인의 취향일 뿐이다. 어쩌면 결과가 잘 안 나오는 것이 당연할지도 모른다.

나에게 신선하게 다가왔던 내용 중 하나는 바로 동물들도 거짓말을 한다는 내용이었다. 한 침팬치에게 과일을 많이 주고 난 후 다른 침팬치가 왔다. 그러자 과일을 많이 가진 침팬치는 과일이 없는 양 행동했다. 만약 인간이 이러한 짓을 했다면 "속이 좁다니, 이기적이라느니" 온갖 비판을 받을 것이다. 하지만 인간도 동물이긴 동물이다. 꼭 비판할 이유는 없는 것 같다. 침팬지가 선의의 거짓말을 하는지 궁금하다.

생물학은 딱딱하게만 느껴졌다. 우리 생활 속 이야기들이 생물학적인 내용과 연관이 많은 줄은 잘 몰랐었다. 생물학이 그렇게 가까이 하기에 너무 어렵거나, 사회를 살아가는 사람들하고 동떨어진 학문만은 아닌 것 같다.

줄거리

저자는 살아 있는 모든것들에 관심을 가졌던 유년기부터 지금에 이르기까지 오랜 시간 동안, 줄곧 개미와 꿀벌, 거미와 여러 종류의 새들, 물고기들을 관찰하고 그들의 세계를 아주 가까이에서 지켜보았다. 동물과 인간에 대한 이야기가 담겨 있는 이 책에서 개미 박사로 알려져 있는 저자는 개미들의 사회를 아주 사실감 있게 표현하고 있으며, 이 외에도 우리들이 미처 알지 못했던 여러 동물들에 대한 재미있고 흥미로운 사실들을 담아내고 있는 한편 인간의 본성과 인간 사회에 관한 이야기를 풍부하게 전해주고 있다.

새로운 미래

책제목 : 오래된 미래
출판사 : 중앙 books · 지은이 : 헬레나 노르베리 호지

정윤이

　　현대 우리 사회의 모습을 강하게 비판한 헬레나 노르베리 호지의 '오래된 미래'라는 책은 라다크의 전통적인 모습과 외국에 의해 전통이 하나씩 파괴되어 가는 모습을 보여준다. 라다크가 외국으로부터 영향을 받기 전에는 주로 농사일을 하며 자급자족하는 삶을 살고 약초로 사람을 치료하였지만 현재는 협동작업보다는 산업형 농경이 늘어났다. 특히 TV 등 여러 매체의 영향을 받으며, 많은 개발이 이루어졌다.

　개발이 되기 전 라다크의 모습을 빈곤하다고 여기는 사람들이 있을 것이다. 하지만 그들은 개발 전에도 굉장히 풍요로운 삶을 살았다. 풍요롭다는 것은 물질적이 아닌 정신적으로 만족을 느낄 때 할 수 있는 말이다. 누군가에게는 가난해 보이는 삶이라도 자신이 만족하고 행복을 느낀다면 그것은 분명 풍요로운 삶이 된다. 라다크 사람들은 이전에도 그들의 모습을 사랑하고 행복하게 살았기에 '풍요롭다'라는 말을 할 수 있는 것이다.

우리나라도 마찬가지이고 세계 대부분의 나라는 서양의 문물을 받아들이면서도 자신들의 전통적인 가치를 지키고 있다. 본인들의 전통을 보유하면서 개발을 해 나가는 것은 전통만을 고집하는 것보다 더욱 행복할 수 있을 것이다. 나에게 과거 물질이 없던 시기와 현재 물질이 넘쳐나는 시기 중 행복한 시기를 고르라면 후자를 선택할 것이다. 물론 개발로 물질이 늘어나면서 빈부 격차나 범죄 등 부작용이 발생한 것은 사실이다. 하지만 현재 물질이 많은 시기에서는 라다크의 부족적인 삶이 아닌 지구촌을 형성하여 고립된 삶을 살지 않을 수 있고, TV나 책 등으로 생각을 넓게 공유할 수도 있다. 또한 질병에 걸렸을 때 심각한 고통도 완화 해 줄 수 있고, 과거에는 치료가 불가능 했던 병도 고칠 수 있게 되었다.

　이 책의 저자는 현대의 사회를 너무 비판하려 든다. 세계가 이렇게 발전을 하지 않았더라면 라다크로 가는 것이 상당히 힘들 뿐더러 책이 출판되는 일도 없을 것이다. 라다크의 사회이든 현대 사회이든 장점과 단점은 모두 존재하기 마련이다. 너무 한 쪽으로 치우친 생각이 아닌 두 상황 모두 고루고루 어울릴 수 있다는 생각을 가지고 라다크의 전통적 모습도 간직한 채 발전을 한다면, 라다크도 지구촌의 한 마을이 될 수 있을 것이다.

어린 아이도 가능한 자발적 중재자

책제목 : 오래된 미래
출판사 : 중앙 books · 지은이 : 헬레나 노르베리 호지

희정이 서양 사람인 헬레나는 라다크로 가서 그곳의 전통문화에 대해 연구했다. 몇 년간 라다크에 있으면서 라다크가 개방되기까지의 모습을 지켜보았다. 이 책은 그 과정에서 얻은 교훈을 통해 우리가 나아가야 할 방향을 제시해준다.

헬레나가 처음 갔을 때의 라다크는 세계와는 동떨어진 곳이었다. 라다크 사람들은 자급자족 하면서 그들의 전통적인 가치를 유지하며 만족스럽게 살았다. 내가 제일 놀랐던 그들의 전통문화 중 하나는 사람들 간의 갈등이 발생할 때 자발적 중재자가 나서서 해결해 주는 문화이다. 지금 내가 살고 있는 사회에서는 자발적 중재자로 나서면 왜 참견이냐며 오히려 쓴 소리를 들을 것이다. 더 놀라운 것은 이 자발적 중재자는 어린아이도 가능하다는 점이다. 어린아이는 어른들에게 무시받기 쉽상인데 라다크에선 어리다고 무시하지 않는다. 이처럼 자신의 삶에 만족하고 존중해주는 삶을 사는 라다크 사람들은 진정 풍요로운 것 같다.

시간이 지날수록 라다크는 개방의 목소리가 커졌고 급격히 문명화가 되었다. 세대간 잘 어우러졌던 모습은 없어지고 빈부의 차가 심해졌다. 그들의 전통적인 문화도 쇠퇴해졌다. 물론 전통적 가치를 지켜야만 행복하다는 것은 아니다. 개방이 되면서 빠른 정보의 교류와 발달한 의학기술 덕에 수명을 연장 시킬 수 있었다. 하지만 라다크의 대부분 사람들은 힘들어 하고 있다. 물질 만능주의가 확산 되면서 예전엔 조그마한 것에도 만족했던 사람들이 탐욕스럽게 변했다. 새로운 의학기술이 많이 들어왔지만 라다크 사람들의 병은 개방 전보다 증가했다. 이것으로 봐서 개방 후가 개방 전보다 풍요롭다고 보긴 어렵다.

라다크 사람들은 자기들의 문화에 자긍심을 고취시켜야 한다. 서구의 문화만 쫓아갈 필요는 없다. 그들의 문화에는 서구엔 없는 특별한 것이 있다. 그 중에서도 꽤나 실용적인 문화를 지켜간다면 훗날에는 서구인들이 라다크의 문화를 따라가려고 할 것이다. 그리고 라다크 사람들에게도 안정감 있는 삶을 줄 수 있다. 전통문화는 오랜 시간을 걸쳐 형성된 것이기 때문에 각박한 생활의 짐을 덜어줄지도 모른다.

줄거리

언어학자인 저자가 라다크 방언의 연구를 위해 라다크 마을을 방문하여, 그 곳에서 살아가는 사람들의 평화롭고 지혜로운 모습을 그리고 있으며, 2부 변화에 관하여는 1975년 인도 정부의 개방정책에 따라 개방된 라다크 전통문화의 수도가 외국 관광객들이 가지고 들어온 서구 문화와 가치관들에 의해 철저히 파괴되어 가는 과정을 담았다.

우둔함이 세상을 바꾼다.

책제목 : 봄봄
출판사 : 창비 · 지은이 : 김유정

정윤이

　　김유정의 '봄봄'은 '점순이'와 혼인을 하고 싶어하는 '나'와 '나'를 머슴살이 시키면서 혼인을 시키지 않으려는 '장인'이 등장한다. 사위인 '나'는 장인의 말을 곧이곧대로 들으며 순진하고 우둔한 성격을 가지고 있으며, 장인은 '나'의 이러한 성격을 이용해 자신의 이익을 얻으려는 교활하고 이기적인 성격의 소유자이다.

　최근 문명이 발달하면서 개인이 중시되고 각박한 삶을 살고 있는 현대인들은 점차적으로 개인주의적인 모습을 드러내고 있다. 경쟁 뿐 아니라 빈부 격차, 물질주의적 사회로의 변질로 인해 사람들은 이기적이고 계산적으로 변해간다. 그렇게 되니 작은 일에도 화를 내고, 무엇보다도 돈이 우선시 되어야 한다는 생각을 가진 현대인들이 늘어가고 있는 것이다.

　몰인정해지고 남을 배타하며 인간이 객체화되고 단절되어가는 요즈음, 우리에게 필요한 것은 '봄봄'의 '나'와 같은 사람이다. 정신없이 돌아가는 현대에서 순박하고 정 많은 사람은 이를 돌려놓고 사회를 조금은 느긋하게 바꿀 수 있는 존재가 될 것이다. 가끔 길을 가다보면 작은 일에도 기뻐하고 다른 사람에게 무한한 정을 베푸는 사람들이 간혹 있다. 그런 모습을 보면 빠르게 돌아가는 사회에서 한 걸음 물러나 있는 기분이 든다.

정보화 시대가 되어가며 물질화되고 돈에 치중하는 삶을 사는 현대인들은 잠시 그 모습을 내려놓고, '봄봄'의 사위 같은 사람을 보아야 한다. 그들도 그러한 모습을 보게 된다면 자신의 삶이 얼마나 메말라 있고, 갇혀 있었는지 깨달을 것이다. 그리고 조금은 자신을 되돌아보며 새로운 마음가짐을 할 수 있을 것이다.

장인마저도 포용할 줄 아는 '나'에게서 배울 점

책제목 : 봄봄
출판사 : 창비 · 지은이 : 김유정

희정이

　　김유정의 봄봄의 주된 갈등은 장인과 사위의 갈등이다. 장인은 이기적이고 교활하며 계산적이다. 사위인 나는 우둔하고 소극적이지만 우직하다. '나'가 좋아하는 점순이는 야무진 16살 소녀이다.

　현대사회는 장인과 같은 사람이 너무 많다. 적당히 계산적인 것을 지나쳐서 정 떨어지게 만든다. 어제 학원 매점 앞에 있는 뜨거운 물이 나오는 곳에서 컵라면 물을 받고 있었다. 그런데 매점 아줌마는 자기 매점에서 산 컵라면이어야 쓰도록 해주겠다며 우리를 내쫓았다. 그 매점 아줌마가 정말 장인 같은 사람이다. 좀더 여유를 가지며 생활할 필요가 있다. 서로 조금씩 양보하면서 살면 이런 일은 없을 텐데 자신밖에 모르는 사람이 늘어가고 있음이 안타깝다.

　현대 사회에는 장인과 같은 성격의 소유자가 너무 많아졌다. 합리성과 효율성을 추구하는 자본주의 사회에서 자신의 이익을 쫓아 사는 것은 당연할 수도 있다. 하지만 너무 지나친 경우 공동체는 매우 삭막해지고 사람들간의 따뜻한 정을 찾기가 더욱 어려워질 것이다.

어느 순간부터 차가워진 우리들의 인간성을 극복하려면 내가 먼저 베풀 줄 알아야 한다. 남이 먼저 해주길 기다리는 것이 아니라 내가 먼저 양보하는 자세가 필요하다. 우리나라 사람들은 승부욕이 매우 강하다. '지는 것이 곧 이기는 것'이라는 말이 있듯이 손해보는 것을 감내하면서 양보하는 지혜를 발휘한다면 결국 자신 뿐만 아니라 모두에게 이익이 될 것이다. 어제 친구들이랑 내가 매점 아줌마께 지기 싫어서 조금 기분 상하는 말을 했다. 아줌마 앞에서 한 건 아니지만 뒤에서 큰 소리로 했으니 아마 들으셨을 것이다. 내가 그때 한 번 져주는 셈 하고 참았다면 더 좋았을 것을 후회되고 반성된다. '봄봄'에서 장인마저도 포용할 줄 아는 내가 되었으면 좋겠다.

줄거리

배 참봉 댁 마름인 봉필은 머슴 대신 데릴사위를 열이나 갈아 치웠다가 재작년 가을에 맏딸을 시집보냈다. '나'는 점순이의 세 번째 데릴사위다. '나'는 사경 한 푼 안 받고 일 한지 벌써 삼 년하고 일곱 달이 됐지만 장인(봉필)은 점순이의 키를 핑계로 성례를 미루기만 한다. 순진한 '나'와 영악한 장인 사이의 갈등과 대립을 해학적으로 그린 소설이다.

제2부

좋은 책, 깊은 생각

제2부는
서로 다른 책을 읽고 난 후, 다양한 주제에 대해 좀 더 깊은 생각이 담겨 있습니다.

"책을 통해 나는 인생에 가능성이 있다는 것을 알았다.
독서는 내게 희망을 줬다. 책은 내게 열려진 문과 같았다."

-오프라 윈프리-

차이와 차별을 구분하는 사회가 되었으면

책제목 : 십시일反
출판사 : 창비 · 지은이 : 국가인권위원회(10인의 만화가)

정윤이

　　시험을 2주 앞뒀지만 머리를 식히기 위해 읽은 '십시일反(十匙一反)'은 만화가들의 눈으로 우리 사회를 예리하게 비판해놓은 책이라 재미있었을 뿐만 아니라 많은 생각을 하게 만들었다. 현재 우리나라의 정치나, 외국인 노동자들에 대한 행동, 사회적 차별들을 세세하면서도 통찰력있게 다루고 있다. 10인의 만화가들이 모여 인권에 대한 차별을 흥미있게 표현했다. 여러 만화 중 인상 깊은 내용들이 몇 개 있었다.

　　가장 인상이 깊었던 '새봄나비'라는 작품은 장애인 인권을 차갑게 무시하는 우리나라의 잘못된 점을 지적하고 있다. 이 작품에 등장하는 장애인은 실존했던 인물인 최옥란 씨이며 뇌성마비를 앓고 있었고 초등학교를 다니는 아들이 하나 있었다. 아버지는 가족을 나몰라라 했고 형편은 더욱 어려워졌으며 아버지는 끊임없이 아들을 내놓으라고 하였다. 최옥란 씨는 장애인에 대한 인권과 혜택을 보장받기 위해 운동을 벌였지만, 끝내 거절을 당하고 아들도 사라지고 말았다. 결국 동사무소에서 걸려온 냉담한 전화를 받고 자살을 하고 만다. 아들은 뒤늦게 이모를 만나고 이모는 계속 울기만 하였다.

　　'새봄나비'에서는 몸이 불편하고 형편이 좀 어렵다는 이유로 똑같은 국민임에도 불구하고, 전혀 도움을 받지 못한다. 그 이유 또한 어처구니가 없다. 장애인 운동을 계속 하다간 자신들이 손해를 볼까 두려워 협박 아닌 협박으로 운동을 저지한다. 진정으로 국민이 주인인 민주주의 국가에서 국민을 위하는 나라라면 어려운 사람들에게 관심을 기울이고 왜 그들이 울부짖는지 귀 기울여야 한다. 하지만 장애인에게 적극적으로 다가가지 못하는 현실을 읽을 수 있어 매우 안타까웠다.

또 다른 작품 중 '코리아 판타지'도 굉장히 인상 깊었다. 흔히 우리가 알고 있는 외국인 노동자에 관한 내용이다. 한국에 외국인 노동자를 이용하여 돈을 벌고 있는 어떤 공장을 비판하며 문제를 제기하고 있다. 한국의 끔찍한 면을 보지 못하고, 무작정 돈을 벌기 위해 한국 땅에 발을 디딘 소녀는 한 공장 사장의 상술에 넘어가 돈도 받지 못하고 일만 하고 지낸다. 이것 또한 너무나도 잘못된 일이다. 조금이라도 쉽게 조금이라도 돈이 덜 들게 하여 이익을 얻으려는 행동 때문에 아무것도 알지 못하고, 그저 돈에 굶주린 외국인들을 이용한다. 똑같은 인간임에도 불구하고 한국인이 아니라는 이유와 돈이 없다는 이유로 차별을 한다.

차이는 두 대상이 서로 다른 것이다. 반면에 차별은 성별, 인종 등에 따라 다른 대우를 하는 것이다. 똑같은 일을 하면서도 외국인에게 임금을 달리 주는 것은 차별이다. 왜냐하면 모든 인간은 인권을 보장받아야 하고 똑같은 대우를 받아야 하기 때문이다. 우리나라 헌법 제 11조에서는 외국인이 한국에서 일을 한다고 해서 차별을 하면 안 된다는 내용이 규정되어 있다. 예를 들어 어떤 공장에서 한국인과 외국인이 나사를 조이는 일을 똑같은 시간동안, 똑같은 양을 했다고 했을 때 한국인에게는 100만원을 주고 외국인에게는 50만원을 준다면 그것은 차별이라고 보아야 한다. 따라서 같은 일을 하면서 외국인이라는 이유 하나만으로 임금을 달리 주는 것은 차별이라고 할 수 있다. '십시일反(十匙一反)'에서 전하고자 하는 사회적 약자들에 대한 차별이 시정되어 좀 더 정의로운 나라가 되었으면 한다.

'친근함의 환상'과 매스미디어

책제목 : 대중문화의 겉과 속1
출판사 : 인물과 사상사 · 지은이 : 강준만

정윤이

　　스타가 등장하고, 여러 대중 매체가 등장하면서 '친근함의 환상'이 더욱 심해지고 있다. TV드라마에서 로버트 영이란 미국 배우가 의사 역할로 출연을 했는데, 의학적으로 조언을 하는 시청자들의 편지가 일주일에 5천통 이상 도착했다고 한다. 이 대목에서도 적지 않은 충격을 받았다. 그 미국 배우는 단순히 정해진 시나리오와 짜여진 대본에 맞추어 연기를 한 것 뿐이다. 하지만 TV로 인해 '친근함의 환상'은 말도 안 되는 일을 초래하였으며, 그 배우를 단순히 배우가 아닌 의사라는 관점에서 생각을 한 것이다.

　'친근함의 환상'이 단순히 이 정도에서 끝난다면 아무 문제가 없다. 하지만 얼마 전 일본에서는 이가 도를 지나쳐 아주 끔찍한 일이 발생했다. 인기 절정인 가수 '오키다 유키로'가 자살을 하자 청소년 극성팬 30여명이 연쇄자살을 하고, 일본 유명 락그룹 기타리스트 히데가 자살을 하자 극성팬 3명의 여학생이 동반자살을 하고 120명의 팬이 실신을 하였다.

자신과는 아무 관련이 없는, 자신이 누구인지 알지도 못하는 가수가 자살을 했다고 청소년들이 따라 자살을 하는 것은 심각한 문제이다. 가수에 대해 어느 정도 환상을 가질 수 있다. 나 또한 그 정도 환상은 가지고 있다. 하지만 자살을 할 정도로 환상에 빠져 있는 것은 어찌 보면 정신적 문제에 해당될지도 모른다. 자신의 부모가 돌아가셨을 때, 따라 죽는 자식이 몇이나 될까? 같은 청소년으로서 매우 안타깝다.

　문화란 사람들이 창조해내는 예술적인 모든 행동이다. 대중문화는 평범한 모든 일반인들이 누리는 문화를 일컫는다. 대중문화는 보통 사람이 주체가 되어 만들거나 누리는 문화로 드라마, 예능, 개그프로 등을 보고 주변 인물과 그에 대해 공감을 하거나 비판을 하는 등의 행위가 포함된다. 이 모든 대중문화를 우리에게 전해주는 대중매체는 텔레비전, 인터넷, 라디오, 신문 등이 있다. 그 중에서 가장 커다란 영향을 미치는 매체는 인터넷이다. 왜냐하면, 인터넷은 일반인이 가장 접하기 쉬운 매체이고 소식이 실시간으로 이루어진다. 또 최고의 인터넷 환경을 가지고 있을뿐더러 인터넷 상에서도 공감, 비판 등 자신의 의견을 올리기 편하기 때문이다. '대중문화의 겉과 속'다음 편이 나온다면 인터넷과 SNS(소셜네트워크 서비스)에 대한 심층적인 분석을 했으면 하는 바램이다.

'너무 일찍 나왔군'

책제목 : 무소유
출판사 : 범우사 · 지은이 : 법정스님

정윤이

　법정스님이 집필한 '무소유'라는 책에는 우리가 사는 생활 곳곳에서 깨닫지 못하고 그냥 지나친 부분에 대해 '아, 맞아'하는 탄식이 절로 나오게 해준다. 아마 스님이 쓰신 글이라 더 진정성이 느껴지고 글이 맑다는 느낌이 들었던 것 같다. 그 중에서 가장 깊이 기억에 남았던 것은 〈너무 일찍 나왔군〉이라는 내용이다. 〈너무 일찍 나왔군〉에서는 세상을 너무 바쁘게 살고, 조급하게 사는 현대인들의 모습, 그리고 그렇게 살며 시간의 구애를 받는 모습이 느껴졌다. 법정스님은 하루에 몇 번 오지 않는 나룻배를 기다리면서 만약 눈앞에서 배를 놓치면, 원래 자신이 탈 배는 다음 배인데 '너무 일찍 나왔군'이라고 생각한다. 시간과 마음에 여유를 가지면 조급해질 이유도 없고 마음의 안정도 찾을 수가 있다고 한다.

　현대인의 삶을 보면 지하철에서 전철을 기다리며 재촉하는 사람들도 흔히 볼 수 있다. 또 버스를 눈 앞에서 놓친 후 온갖 짜증을 내는 모습도 종종 볼 수 있다. 하지만 생각을 바꾸어 법정스님의 말씀처럼 예정된 시간보다 너무 일찍 나왔고, 타야 할 지하철이나 버스는 다음 차례라고 생각한다면 훨씬 편한 마음을 가질 수 있을 것이다.

또 다르게 깊은 인상을 심어준, 하지만 비판하고 싶은 내용의 글도 있었다. 〈오해〉가 바로 그것이다. 〈오해〉를 읽다보면 이런 구절이 나온다. '그러고 보면 사랑한다는 것은 이해가 아니라 상상의 날개에 편승한 찬란한 오해다. "나는 당신을 죽도록 사랑합니다."라는 말의 정체는 "나는 당신을 죽도록 오해합니다."일지도 모른다. 나는 당신을 사랑합니다. 무슨 말씀, 그건 말짱 오해라니까?' 내가 이 구절을 잘 못 이해했을지도 모른다. 하지만 이 구절을 읽으면서 약간의 불쾌감 같은 것이 느껴졌다. '사랑한다는 것이 어째서 오해라는 것일까? 남을 이해하는 것이 어떤 이유로 오해라는 것일까?' 하는 여러 생각들이 겹쳐 이 내용을 쉽사리 이해하지 못하였다. 〈오해〉라는 글의 의도는 무엇이었을까? 법정스님께서 살아계셨다면 꼭 한 번 여쭈고 싶은 질문이다.

이 외에도 여러 감명 깊고 되새기게 되는 글들도 많았고, 평범한 학생인 나의 식견으로는 도저히 이해할 수 없는 글들도 많았다. 다만, 확실한 것은 〈무소유〉라는 책을 손에 들고 읽기 시작하면서 의미와 행간을 이해하려고 하는 노력하는 기분은 가히 나쁘진 않다는 것이다. 또한 마음 속에 쏙 와닿는 글을 읽노라면, 바쁘게 살고 의미 없이 같은 일상을 반복하며 사는 현대인들에게 자신을 되돌아 볼 수 있는 기회를 얻을 수 있어서 좋은 것 같다.

공자 왈(曰) "모든 생명은 소중하고,
차별 받지 말아야 한다."

책제목 : 공자 지하철을 타다.
출판사 : 디딤돌 · 지은이 : 김종옥, 전호근

정윤이

　　'공자 지하철을 타다'라는 책에서는 지은이가 공자의 모습을 재미있고 우스꽝스럽게 표현하였다. 바짓가랑이에 걸려 넘어지기도 하고 당황하거나 흥분 했을 때는 말을 더듬기도 한다. 또 친구인 장자와 매일 사소한 일로 티격 태격 다투기도 한다.

　　어느 날 공자는 장자와 술을 마시고 아침에 약수터로 가기 위해 산으로 향했다. 약수물을 떠서 마시는 도중, 그들은 개와 함께 산책을 하고 있는 부부를 발견한다. 그 부부가 공자와 장자가 있는 약수터로 오더니 바가지에 물을 떠서 가져갔다. 그러더니 자신들이 먹지 않고 그 물을 개에게 먹이려고 하였다. 먹이려는 순간 사람들의 항의에 급히 물을 놓고 떠났지만 공자는 그 부부의 모습에 혀를 찬다.

　　공자에 따르면 모든 생명은 소중하고, 차별 받지 말아야 한다. 하지만 개는 개 대로, 사람은 사람대로 존중을 해야 한다는 점이다. 아무리 개를 소중히 여긴다

해도 사람이 먹는 물, 사람이 입을 대는 바가지를 개에게 똑같이 해서는 안 된다고 공자는 생각한다. 장자는 그 말을 듣고 개와 사람을 똑같이 존중해야 한다고 반박을 하지만, 공자의 말이 더욱 설득력이 강하다. 사람이 모든 동물과 다른 점은 생각을 하고 판단을 하고 이상이 있다는 것이다. 하지만 개를 사람과 같이 취급하여 사람이 먹는 밥을 함께 먹고 사람이 입는 옷을 같이 입는 것은 사람을 존중하는 일이 아니며 사람을 대하는 데에 있어 어긋난 행동이다. 따라서 사람은 사람대로 존중하고 개는 개 대로 존중해야 한다는 공자의 말이 현실적으로 더욱 맞는 말이다.

현재 세계 각국에서 한 끼도 먹기 힘들어 기아에 허덕이는 아이들이 기하급수적으로 늘어나고 있다. 하지만 한 쪽에서는 개가 악세사리에 옷도 입으며 사람보다 더한 대우를 받고 있으니 어긋나도 크게 어긋난 일이다. 사람과 개의 생활이 완전 뒤바뀌어 버린 것이다.

작가는 이 글을 통해 한 쪽에서는 굶어 죽고 한 쪽에서는 넘쳐나는 음식을 감당하지 못해 살이 쪄서 죽는 현실을 공자라는 인물을 사용하여 비판하려 했을 것이다. 돈을 흥청망청 쓰는 사람들이 잘못된 현실을 인식하여 잘못된 마음가짐을 바로 잡고 아껴 쓰고 어려운 사람들을 도울 수 있었으면 한다.

배순 아저씨의 모습을 보면서

책제목 : 퇴계 달중이를 만나다.
출판사 : 디딤돌 · 지은이 : 김은미, 김영우

배영길 아저씨에게.

배영길 아저씨, 지금 어디에 계신가요? 달중이가 아저씨의 형 배순 아저씨를 많이 그리워하고 있을 거에요. 이 책을 읽으면서 아저씨와 배순 아저씨가 얼마나 힘든 삶을 사셨을지 알게 되었어요. 500년 전에는 신분이 낮으면 공부조차 할 수 없다는 것도요.

아저씨, 저는 배순 아저씨의 모습을 보면서 느낀 점이 많습니다. 대장장이라는 신분에도 불구하고 공부를 하고파하는 열정, 신분이 낮음에도 퇴계 이황 밑에서 제자로 있다는 사실에 눈초리를 받음에도 꿋꿋이 이겨내려는 모습, 이 모든 행동들이 저에겐 큰 깨달음을 주었어요. 아저씨는 형이 자랑스러우실 겁니다. 하지만 아저씨도 배순 아저씨처럼 노력을 해 보시는 건 어떨까요? 노력하면 되지 않는 일은 없습니다. 열심히 공부하려 노력하시는 모습을 퇴계 어른께서 발견하신다면 분명 제자로 받아주실 수 있을 거에요.

퇴계 어른이 얼마나 대단하신 분인지는 아저씨도 아실 거예요. 유교 경전을 공부하고, 벼슬의 뜻을 접고 고향에서 성리학을 연구하여 많은 이들을 가르치신 '위대한 사상가'이시죠. 이 분을 보면 한 번쯤은 이런 분 밑에서 교육을 받아보고 싶다는 생각이 들지 않나요? 저는 책을 읽는 내내 실제로 퇴계 어른을 만나서 많은 이야기를 나누어 보고 싶어요. 어떻게 마음을 잡고 공부를 할 수 있는지, 현재 우리 사회를 보면 어떤 생각이 드는지 등에 대해서요. 그리고 이기론에 관해 좀 더 자세히 알아보고 싶다는 생각도 들고요.

지금쯤 아저씨는 배순 아저씨를 만나셨을까요? 아저씨도 삶의 새로운 길을 찾아보세요. 정말로 학문을 공부하는 것과는 거리가 멀다고 느껴지신다면 현재 하는 일에 온 힘을 쏟으셨으면 해요. 퇴계 어른의 주일무적을 되새기면서요. 삶에 후회하지 않게 열심히 사셨으면 해요. 그럼 이만 줄이겠습니다.

2012년 5월 23일 일요일 어느 독자가
P.S. 참, 퇴계 어른을 뵙게 되거든 제가 물어보고 싶었던 것 꼭 질문해 주세요. 부탁드릴께요.

'무식한 사람은 웃지도 못한다'

책제목 : 논리를 모르면 웃을 수도 없다.
출판사 : 책세상 · 지은이 : 박우현

정윤이 지금까지 살면서 논리에 관해 깊이 생각해 본 적은 없었다. 하지만 이 책을 읽은 후에 논리가 삶을 살아가면서 얼마나 중요한 것인지 알게 되었다. 중간 중간에 논리를 이용한 유머를 통해 여러 논증에 대해 쉽게 이해할 수 있었다.

'논리를 모르면 웃을 수도 없다'에서는 대표적으로 추론, 개념과 정의, 오류로 분리되어 있다. 추론이란 '전제와 결론' 또는 '주장과 이유'의 관계로 되어 있는 일련의 문장이다. '전제와 결론'의 관계가 적절하지 않을 때 그것을 '오류'라고 한다. 이 책에서 그에 대표적인 예로 지구본에 관한 유머가 등장한다.

장학사가 어떤 아이에게 지구본이 왜 기울어져 있냐고 묻자 그 아이는 자신이 그런 것이 아니라고 말을 한다. 이 유머를 보고 우리가 웃을 수 있는 것은 문장의 '앞 뒤 관계'가 맞지 않고 엉뚱해서이다. '무식한 사람은 웃지도 못한다'는 말이 맞다는 것을 여기에서 알 수 있었다.

우리는 일상을 살면서 여러 주장들을 해야 할 때가 있다. 하지만 문장의 앞뒤를 맞지 않게 말하고 엉뚱한 쪽으로 의견을 이어간다면 그 주장은 소용이 없게 된다. 이 책을 통해 논리에 관해 자세히 알게 되었고 쉽게 이해도 할 수 있었지만, 아직도 이해를 완전히 하지 못한 논리가 많다. 앞으로 여러 논리에 관한 책을 통해 나의 주장을 논리적으로 표현할 수 있었으면 한다.

공자 "있는 그대로를 즐겨야 한다"

책제목 : 논어, 사람의 길을 열다.
출판사 : 인사계절 · 지은이 : 배병삼

정윤이

　　'논어, 사람의 길을 열다'는 논어를 자세히 풀어 쓴 책이다. 공자의 삶, 공자가 중요시 여겼던 것 등을 이해하기 쉽게 소개해 주었다. 공자가 강조하던 것 중 이런 말이 있다. "있는 그대로를 즐겨야 한다. 이익을 취하기 위해 이동하는 것은 근본을 없애는 것과 같다." 이 말에 숨어 있는 뜻이 무엇일까?

　　최근 들어 전 세계적으로 월드컵 열풍이 불고 있다. 한국이 월드컵을 할 때면 거리는 온통 붉은 악마로 물들어 있어 한 층 더 열기를 고조시킨다. 하지만 현대 사회에 들어오면서 월드컵 응원 문화가 점차 변질되어 가고 있다. 너무 국가만을 응원하고, 그로 인해 단순한 스포츠임에도 불구하고 애국심을 축구와 연결시키며 월드컵 응원을 상업화시키는 추세이다.

　　먼저 스포츠 애국주의가 대표적인 문제이다. 월드컵 응원을 공자의 말처럼 축구 그 자체를 즐기고, 기뻐하고 슬퍼해야 한다. 하지만 이를 애국심으로 연결시키면서 상대 나라를 비방하고 심지어 폭력을 휘둘러 나라를 욕먹이게 하는 경우도 있다. 또한 월드컵을 정치에 이용하여 선거에까지 이용하는 문제도 있다.

두 번째로는, 스포츠 상업주의이다. 월드컵이 인기가 많아지면서 사람들이 동호회처럼 붉은 악마라는 단체를 만들어 열띤 응원을 한다. 하지만 국가나 기업이 이를 이용하여 이들을 취하기 위해 그들에게 돈을 주려고 한다. 예를 들어 붉은 악마 티셔츠에 회사의 마크를 새긴다거나 응원 장소를 제공해 주며, 자신의 회사를 광고하려는 경우가 있다.

스포츠는 있는 그대로를 즐겨야 한다. 상대팀에게 지더라도 상대팀에게 박수를 보내 줄줄 알아야 하며 순수한 목적의 응원을 돈으로 그 본질을 썩혀서도 안 된다. 공자의 말을 따라 월드컵 응원의 근본을 없애지 말고, 이기고 지는 것을 떠나 축구 그 자체를 즐길 줄 아는 나라가 되어야 할 것이다.

나는 성선설을 믿는다.

책제목 : 동양철학 에세이
출판사 : 동녘 · 지은이 : 김교빈, 이현구

정윤이

　　최근 들어 수없이 늘고 있는 범죄들, 그 주체자들의 나이가 점점 더 어려지고 있다. 끊임없이 증가하는 이 청소년 범죄를 놓고 사람들은 성선설과 성악설을 주장하며 논쟁하고 있다.

　성선설은 맹자의 사상으로, '인간은 태어날 때부터 본성이 선하다'는 것이다. 반면에 성악설은 순자의 사상이며, '인간은 태어날 때부터 본성이 악하다는 것'을 말한다.

　나에게 성선설을 믿는지 성악설을 믿는지에 대해 묻는다면 나는 성선설을 택할 것이다. 주변에 흔히 일어나는 악한 행위를 하는 사람들을 보았을 때 대부분이 주변환경이 상당히 불우하고 좋지 못하였다. 김길태와 같은 범죄자들도 부모가 없거나 가난에 찌든 채 자라왔다. 즉, 사람은 태어날 때에는 선하나 성장해가는 과정에서 주변 환경의 영향으로 선해질 수도 있고 악해질 수도 있는 것이다.

이러한 문제들을 없애기 위해서는, 우선 국가의 노력이 필요하다. 좋지 않은 환경에서 지내는 청소년들을 보호하고, 교육하며 나쁜 길로 빠지지 않도록 도와야 한다. 또한 청소년 범죄를 저지르는 청소년들에게 심리치료를 통해 인간의 선한 본성을 되찾을 수 있게 해주어야 한다.

라다크의 메시지
'환경보존은 공동체 정신에서'

책제목 : 오래된 미래
출판사 : 중앙 books · 지은이 : 헬레나 노르베리 호지

희정이

　'오래된 미래'는 헬레나 노르베리-호지가 히말라야 고원에 보금자리를 잡고 살아가는 라다크인들의 삶을 생생하게 보여주며 개발과 공동체, 개발과 환경에 대해 고민하게 해주는 책이다. 평소에 지도도 많이 보고 각 나라의 문화에 관심이 많았던 나를 흥미롭게 했다. 또 라다크는 헬레나 노르베리 호지가 프랑스 파리를 여행하려고 하다가, 우연히 들른 곳이라고 한다. 아마 그녀에게는 우연히 진주를 발견한 느낌이었을 것 같다. 이 책은 나에게 많은 깨달음을 주었다. 환경문제의 해결이 기술의 발전이나, 환경오염 물질을 줄이는 것이 능사가 아님을 알게 해주기 때문이다.

　나는 '오래된 미래'를 통해 환경문제에 대해 접근하는 새로운 시각을 갖게 되었다. 환경문제의 원인이 단순히 무분별한 에너지 소비, 교통수단 발달, 공해유발 산업의 증가 등의 관점으로 접근하면 에너지 소비를 줄여나가거나 대체에너지를 개발하거나, 공해산업에는 제재를 가한다거나, 자전거 타기와 걷기를 생활화하는 것 등이 해결책이 될 수도 있을 것이다. 하지만 나는 보다 근본적인 해결

방법은 라다크인들의 삶에서 찾아야 한다고 생각한다. 그리고 라다크인들의 삶의 변화를 보면서 개발이 진전되면서 어떻게 환경이 훼손되고 급기야 공동체가 파괴되는지를 느낄 수 있었다.

지구 온난화, 환경오염, 환경파괴 등 우리 인류가 직면한 문제를 어떻게 해결할 것인지에 대한 무수한 논쟁이 있다. 하지만 라다크인들의 삶에서 환경문제는 인간이 자연과 함께, 자연을 지배의 대상이 아니라 우리의 가족처럼 한 부분으로 간주하는 새로운 사고를 가질 때 해결될 수 있다는 점을 깨달았다. 이와 같은 새로운 인식의 패러다임에 의해 진정으로 환경문제가 해결될 수 있으며 이를 라다크인들의 모습에서 확인할 수 있었다.

라다크는 비록 우리나라와 멀리 떨어져 있지만, 나는 그 곳 자연친화적 모습은 과거 우리나라의 모습과 많이 다르지 않음을 알 수 있었다. 우리나라도 환경오염의 문제가 심각하지만, 어른들의 말씀에 의하면 가장 친환경적인 모습은 어렸을 때 냇물도 먹고, 학교에서 나오는 수돗물도 마음껏 마셨다고 한다. 그리고 농사를 지을 때, 땀을 흘리며 자연과 어우러지는 우리 조상들의 모습이 아닐까? 하지만 현대사회에서 농업은 단지 과거의 산업이 되어 버린 듯해 매우 안타깝다. 물질문명으로 상징되는 현대사회에서 기술과 개발, 그리고 생산된 상품에 대한 소비만이 풍요로움과 행복을 가져다준다는 믿음에서 이제 벗어날 필요도 있다.

라다크는 처음에 오염도 없었고 낭비도 없었다. 그런 공동체를 책을 통해 만날 때 이런 곳에서 살면 '정말 행복할까?' 라는 생각과 '결코 행복하지 않을거야.' 라는 생각이 교차했다. 그렇지만 나는 진정으로 우리 인류가 환경을 보호해 지속가능한 공동체가 되기 위해서 반드시 필요한 정신이 공동체 정신이라고 생각한다. 개인주의가 아니라 공동체주의가 진정으로 환경을 보존하고 인간과 자연을 아름답게 만들 수 있다. 결국 라다크가 직면하고 있는 환경파괴와 공동체 붕괴는 끝을 모르는 개발, 지속가능성과 공동체 가치 보다는 물질적 풍요만을 최고로 여기는 무분별한 인식에서 출발했다고 보기 때문이다. 라다크 공동체가 서구 산업문명의 침투와 함께 위기를 맞게 되는 모습에서 충분히 확인할 수 있다.

'오래된 미래'를 읽으면서 자연과 인간이 어우러지는 아름다운 곳이 서구 산업 문명의 침투와 함께 파괴되어 가는 과정이 정말 안타까웠다. 그래서 무분별한 개발이야말로 환경파괴의 근본적 원인이자, 공동체를 해체한다는 느낌을 지울 수가 없다. 우리는 사람들의 편리함을 추구하는 소비 문화속에서 정작 우리 주변의 자연과 환경이 파괴되어 간다는 사실을 피부로 느끼지 못하고 있다. 하지만 이 책은 우리의 바람직한 미래는 이미 오래전부터 존재해왔다고 얘기한다. 환경이 훼손되지 않고 자연과 인간이 함께 하는 공동체가 진정으로 지속가능한 사회임을 보여준다는 점에서 환경문제의 진정한 해법을 보여준다고 생각한다. 환경파괴적 문화가 지속되고 전 지구적으로 확산되면 결국 인류는 치명적인 재앙을 맞이할 수 있다는 점을 '오래된 미래'가 말하고 있다.

우리가 직면한 환경문제는 더 이상 특정지역의 문제가 아니다. 그래서 더욱 더 세계 각 나라는 서로 협력해 환경위기를 극복해야 한다고 생각한다. 또한 '구슬이 서말이라도 꿰어야 보배다'라는 우리 속담이 있다. 환경보존이라는 보배를 얻기 위해서는 한 사람 한 사람의 자그마한 실천이 모아져야 한다. 그래서 나는 나부터 시작하는 것이 중요하다고 본다. 라다크인들이 보여주었던 느리지만 그래도 자연과 함께 살아가는 모습, 물질의 풍요로움이 아니라 덜 소비하더라도 행복을 느끼며 살아가는 모습이 진정 아름답고 환경보호를 실천하는 길임을 명심하고 편리함만을 추구하지 않으려 한다. 그리고 이것만은 지속적으로 꼭 실천하고 싶다. 종이컵을 사용하지 않고, 공부할 때도 반드시 이면지를 활용해 글자도 작게 쓰는 습관을 생활화하고 싶다. 지구의 숲이 사라지지 않도록 하는데 아주 작지만 커다란 도움을 주고 싶다. 바로 라다크에서 배운 공동체를 위하고 살린다는 각오로 해나간다면 나의 습관도 환경보존 습관으로 바뀔 것이라 확신한다.

이명준과 인간에 큰 영향을 미치는 이데올로기

책제목 : 광장
출판사 : 문학과 지성사 · 지은이 : 최인훈

희정이

이데올로기란 무엇이며 우리에게 어떤 영향을 미칠까? 이데올로기란 사람에게 매우 중요한 역할을 한다. 한 사람을 위대한 사람으로 만들 수도 있을 것이고, 또 그 반대가 될 수 있을 것이다. 이데올로기란 자기가 바라는 이상향을 향해서 가는 것이다.

최인훈 '광장'에 나오는 이명준은 자신의 이데올로기와 맞지 않는 조국을 선택하지 않는다. 그것은 자신의 이념에 맞는 나라로 가고 싶다는 것이다. 능력이 있어도 그 나라의 이념이 나와 맞지 않는다면 아마 조국을 배신할 수 있는 사람은 많을 것이다. 아무리 능력이 뛰어나도 뒤에서 투자해 주지 않으면 성공하지 못하는 것처럼 자신의 이데올로기와 맞는 것을 찾아야 빛을 발휘 할 수 있다. 이데올로기란 그만큼 인간에게 큰 영향력을 미친다는 것이다. 이데올로기와 자신과 서로 맞으면 그 범위에서는 존경 받는 사람이 될 수 있다. 그러나 맞지 않는다면 그 범위내의 사람들은 아마 그 사람을 이해하지 못할 수도 있다.

사람은 자신의 이데올로기에 의해 행동하고 말한다. 사람이라면 자신 안의 정확한 이념을 가지고 살아야 한다고 생각한다. 이념이 없이 산다면, 그냥 사람들 가는 데로 자신의 주장 없이 흘러갈 수 도 있다. 올바르고 바른 이념을 가지고 행동하고 실천해야 한다.

욕심 없는 세상을 원했던 톨스토이

책제목 : 톨스토이 단편선
출판사 : 인디북 · 지은이 : 톨스토이

희정이

'톨스토이 단편선'에는 여러 단편이 들어있는데 그 중 제일 인상 깊었던 단편은 '바보 이반 이야기'이다. 평소 톨스토이에 대해 궁금하기도 하고 톨스토이 작품을 읽고 싶었는데, 톨스토이가 원하는 세상을 상상할 수 있었다.

'바보 이반 이야기'의 바보 이반에겐 장군인 시몬 형, 상인인 뚱보 타라스 형, 귀머거리에 벙어리인 누이가 있었다. 두 형은 자기가 필요할 때만 이반을 찾아와서 도움을 요청한다. 그럴 때마다 이반은 다 들어주고 불평 하나 하지 않는다. 그것을 본 늙은 악마는 꼬마 악마에게 시켜 이반의 성질을 돋구게 한다. 하지만 꼬마 악마들은 번번이 실패하고 만다. 늙은 악마가 보고만 있을 순 없어서 직접 바보 이반을 만나지만 실패한다. 이반은 욕심이 없어서 욕심부리는 사람을 민망하게 만든다. 어떻게 보면 정말 미련하고 바보 같지만 진짜 미련한 바보는 그의 형이면서 욕심만 부리는 시몬과 티라스가 아닐까? 한 번 쯤은 그런 이반이 세운 왕국에 살아보고 싶다. 그곳의 관심은 일하지 않은 손을 가지고 있는 사람은 남이 먹고 남은 걸 먹어야 하니 일을 열심히 할 수 밖에 없겠다.

아마 톨스토이라는 사람은 이런 욕심 없는 세상을 원했을지도 모른다. 이반 왕국 사람들처럼 다 내어주고 베푸는 사람들은 지금 현대 사회에서 매우 드물기 때문이다. 톨스토이는 이런 사람들의 정에 목말라 있었고 그래서 쉽게 감동하는 것 같다.

　나쁘게 보면 신을 믿으라는 약간 강압적인 느낌을 주지만 좋게 보면 그런 신이 말하는 사랑을 실천하자는 긍정적인 말을 하고 싶은 것 같다. 지금 인정이 메말라 있고 자기만 아는 현대 사회에선 힘들겠지만 차츰 먼저 배려하고 정을 베푼다면 이반 왕국이 될지도 모른다.

희정이의 하루를 통해 본 과학기술

책제목 : 과학에 둘러싸인 하루
출판사 : 살림friends · 지은이 : 김형자

희정이

　　주인공 흰국이는 과학 투성이에서 지낸다. 아침, 점심, 저녁 온 종일 흰국이의 옆은 과학이 자리잡고 있다. 그럼 내 옆에도 과학이 차지하고 있을 것이다. 이제부터 희정이의 과학에 들러 싸인 하루가 시작된다.

　　아침은 JYJ의 모닝콜로 일어난다. 핸드폰의 모닝콜은 정말 필수적인 기능이다. 그리고 머리를 감고 헤어 드라이기로 머리를 말린다. 하지만 난 헤어 드라이기의 소리가 너무 싫다. 무음 헤어 드라이기는 없는 것일까? 책에는 헤어 드라이기의 원리가 나오지 않는다. 아마 헤어 드라이기의 원리는 에어컨과 비슷할 것 같다. 에어컨과 같은 높은 압력을 이용해서 바람이 나오는 듯 싶다.

　　학교에 도착해서 수업을 한다. 선생님께서는 노트북과 TV를 연결시키고 TV를 가리키면서 설명을 해주신다. 그리고 점심시간에 도서실에 들려 책을 빌렸다. 책을 빌릴 때 바코드를 찍어서 대출해 준다. 바코드는 이진법을 사용한다고 한다. 컴퓨터가 쉽게 읽어야 하기 때문이다. 바코드를 찍으면 책의 제목, 글쓴이,

출판사까지 나오는 것이 신기할 따름이다. 집 앞에 도착해서 디지털 도어록을 열었다. 어릴 때는 항상 열쇠로 열었었는데 이젠 열쇠로 여는 것이 더 어색하게만 느껴진다.

저녁 드라마를 보기 위해 TV를 켰다. TV는 라디오의 음성과 영화의 원리를 섞은 것이다. TV도 진화해서 디지털 TV에서 벽걸이 TV까지 짧은 기간에 정말 많이 발전한 것 같다. 그만큼 사람들이 TV를 많이 접했기 때문에 단점이 보이는 것 같다. 최근에 나온 스마트 TV가 활성화 될 날은 언제올까?

책을 읽으면서 정말 인간은 어디까지 개발하고 발전할 수 있을지 의문이 들었다. 그렇지만 이렇게 많이 과학이 발전했어도 사람들의 인간성은 뒷걸음질 하고 있는 것 같다. 개인 플레이로 변하고 이기적인 사회가 된 것은 과학 때문이라고 받아들이기 싫지만 부정할 수 없다. 과학과 함께 사람들의 인문학적 상상력도 풍부해지고 인간의 본성도 향상된다면 비로소 진정한 인간을 위한 과학이 될 것이다.

'나의 죽음을 헛되이 하지 말라'

전태일 평전

책제목 : 전태일 평전
출판사 : 아름다운 전태일 · 지은이 : 조영래

희정이

　학교에서 이 책을 읽다가 짝꿍이 "전태일이 누구야?"라고 물었을 때 난 책을 다 읽지 못했던 상태라 쭈뼛쭈뼛하게 얼버무리며 잘 모른다고, 노동조건 개선을 위해 분신한 사람이라고 그렇게 말했다. 책을 다 읽은 후 다시 그 친구에게 말하고 싶다. "열악한 노동조건에 저항하고 노동조건 개선을 위해 노력한 사람이고 우리가 과거보다 편하게 일할 수 있게 해준 계기를 만든 사람이야."

　노동이란 어떤 결과물을 만들기 위해 노동자의 정신적, 육체적인 요소가 포함되는 것이다. 사람들은 노동을 하면서 자아실현, 즉 노동의 가치를 느낀다. 하지만 전태일이 살았던 1960~70년대의 대한민국은 노동소외가 보편적이었던 시대이다. 대부분 여공들은 자신이 만든 물건을 가질 수 없는 형편이었고 노동은 단지 생계유지의 수단화일 뿐이었다. 하지만 전태일의 분신사건 이후에도 노동소외는 여전하다.

프랑스의 성공작 루이비통을 예로 들면 루이비통을 만드는 노동자들은 정작 루이비통 제품을 살 수 없을 것이다. 그리고 그들은 우리나라의 예전 여공들과 마찬가지로 '가진 자'들과 다른 자신에 대해 억울함을 느낄 수도 있다. 이러한 노동소외는 1960년대나 지금이나 다를 것이 없다.

전태일이 살았던 시대는 민주주의 사회였다. 겉모습만 민주주의라는 간판을 걸었던 시대라 노동환경 개선을 위해 민주적인 방법이 효과적이지 못했기 때문에 전태일은 분신하며 자신의 의견을 표출했다. 만약 그 때 당시에도 지금과 같이 국민의 의견을 잘 반영했던 민주주의라면 전태일은 분신할 필요가 없었을지도 모른다.

'나의 죽음을 헛되이 하지 말라'는 전태일의 유언이 약간은 지켜지고 있는 듯 싶지만 아직은 지켜지지 못하고 있다. 그의 유언이 지켜질 날은 언제쯤 올까?

제3부

같은 걸림, 다른 시각

제3부는
일간신문에서 우리 사회의 오피니언 리더가 쓴 칼럼을 읽고 세상에 대해
서로 다른 관점으로 각자의 생각이 드러납니다.

"책은 나의 가장 소중한 친구다. 나는 끊임없이 의심하고 생각하며 책을 읽었다."

−위대한 과학자 에디슨−

조선일보
2011. 02. 14
[장하준 칼럼] 무상 복지, 부자 복지

　미국이나 영국에서 상속세에 반대하는 일부 사람들은 이를 '사망세(death tax)'라고 부른다. 상속세라고 하면 재산을 물려받아 '불로소득'을 한 자식에게 초점이 맞추어진다. 그렇게 되면 부모가 자식에게 재산을 남겨주고 싶은 것이 인지상정(人之常情)임을 강조하는 입장에서도 상속세를 없애자고 하기가 힘들어진다. 그러나 이를 사망세라고 부르면 초점이 부모에게로 옮겨가서 죽는 것도 억울한데 거기에 세금까지 매긴다는 공격을 통해 그 세금의 정당성을 약화시킬 수 있다. 이렇게 논쟁을 할 때 어떤 이름을 붙이느냐가 논쟁의 승패를 가르는 데 굉장히 중요할 수 있다.

　그런데 문제는 논쟁의 상대들이 서로 자기에게 유리한 쪽으로 이름을 붙이는 과정에서 충분히 타협점을 찾을 수 있는 문제들이 극단적인 대립관계에 있는 것으로 잘못 인식되기가 쉽다는 것이다. 최근 우리나라에서 쟁점이 되고 있는 복지문제가 좋은 예이다.

　시민권에 기반한 보편적 복지의 확대를 원하는 많은 사람들이 '무상 복지'를 이야기한다. 그러나 무상(無償) 복지란 있을 수 없다. '무상' 교육이나 '무상' 진료를 받을 때 당장 돈을 내지는 않지만 결국은 세금으로 그 대가를 치르기 때문이다. '공구'(공동 구매)이지 '공짜'가 아니다. 소득세나 재산세를 안 내는 가난한 사람한테는 공짜가 아니냐고 생각하겠지만 그들도 부가가치세 같은 간접세는 내기 때문에 그렇지 않다.

　반대편도 마찬가지이다. 그들 중 일부는 모든 사람들에게 복지 혜택을 주면 도움이 필요하지 않은 부자들까지 덕을 보는 '부자(富者) 복지'가 된다고 주장한다. 그러나 그렇지 않다. 재산세와 같이 부자들만 주로 내는 세금이 있고 소득세같이 돈을 많이 벌수록 비율적으로 많이 내야 하는 누진세가 있는 상황에서 부자들이 가난한 사람들과 똑같은 복지 혜택을 받는다면 그들은 같은 상품에 대해 몇 배 돈을 더 내는 것이기 때문이다. 보편적 복지를 통해 부자들이 혜택 보는 것이 그렇게 못마땅하면 부자들에게 세금을 더 거두면 된다.

　이렇게 볼 때 한쪽은 누구나 돈을 내게 되는데 마치 가난한 사람은 돈 하나도 안 내고 혜택을 볼 수 있는 것과 같이 호도하고, 다른 쪽은 혜택은 똑같이 보고 돈은 더 내야 하는 부자들이 더 크게 덕을 보는 것으로 왜곡하는 것이다.

개념적으로는 '보편적 복지'와 '선별적 복지'가 나누어지지만 누구도 완전한 선별(選別)이나 완전한 보편성을 주장하지 않는다. 아무리 선별적 복지를 주장하는 사람도 공공 초등교육에 반대하지 않으며, 아무리 보편적 복지를 주장하는 사람도 성형수술비를 공공 의료를 통해 제공하자고 주장하지 않는다. 재원 조달의 문제에 있어서도 부자 편을 드는 사람들도 재산세와 누진세의 필요성을 인정하니 부자들이 조금이라도 높은 세금부담을 져야 한다고 인정하는 것이고, 가난한 사람들 편을 드는 사람들도 부가가치세 등 간접세를 철폐하자고 주장하지 않으니 가난한 사람도 조금은 세금을 내야 한다고 인정하는 것이다.

결국 중요한 것은 원론적으로 보편적 복지가 맞느냐 아니냐를 이야기하는 것보다 구체적인 타협을 하는 것이다. 어떤 질병에 대해 의료비 중 얼마를 본인이 부담해야 하는가, 어떤 수준까지의 교육이 세금을 통해 제공되어야 하는가, 노후연금은 몇 살부터 얼마나 받아야 하는가, 실업보험 급여가 실직 전 보수에 연동되어야 하는가 등 구체적인 문제가 토론되어야 한다. 세원(稅源) 조달문제도 현재 우리 소득 수준에 비해 낮은 담세율(擔稅率)을 얼마나 올려야 하는가, 직접세와 간접세의 비율은 어떻게 되어야 하는가, 어떤 세금을 얼마나 올리고 어떤 것을 얼마나 내릴 것인가, 복지 지출을 늘리는 대신 기존 정부 지출 중에 줄일 것은 없는가 등등 구체적인 이야기를 해야 한다.

물론 보편적 복지, 선별적 복지와 같은 기본적인 개념 논쟁이 필요하지 않다는 말은 아니다. 그러나 이런 논쟁은 불필요하게 대립만 악화시키기 쉽다. 이제 그런 논쟁은 일단 접어두고 구체적인 논쟁을 해야 한다. 그러다 보면 타협할 수 없는 원칙의 차이, 메울 수 없는 이념의 간극으로 보이던 것들 중의 많은 부분이 충분히 타협이 가능한 구체적이고 실용적인 문제들이라는 것이 밝혀지고, 그러면서 많은 분야에서 생산적인 타협이 나올 것이다.

장하준 케임브리지대 교수 · 경제학

▌ 보편적 복지가 더 필요하다.

정윤이

　　최근 들어 무상급식과 같은 보편적 복지와 저소득층에게 특별 혜택을 주는 선택적 복지 사이에 논란이 일고 있다. 현재 우리나라의 극심한 빈부격차를 막기 위해선 보편적 복지가 우선시 되어야 한다. 왜냐하면 정말로 빈민층을 완전히 중산층으로 바꾸어 놓을 수 없다면 선택적 복지는 무리한 주장이 되기 때문이다.

　　보편적 복지는 고소득자에게 세금을 더 걷어 평등한 복지를 시행하기 때문에 천천히 빈부격차를 사라지게 할 수 있을 것이다. 반면 한나라당과 일부 언론에서는 선택적 복지를 시행해 하루 빨리 빈민층을 줄여나가야 한다고 주장한다. 하지만 선택적 복지로 빈민층에서 완전하게 벗어날 수 없다면 빈부격차의 끝은 없을 것이다.

　　따라서 뛰어난 복지 국가가 아닌 우리나라로서는 차근차근 빈부격차를 줄일 수 있는 보편적 복지를 시행해야 한다.

▌ 우리나라 현실을 감안하면 선택적 복지를 할 때다.

희정이

　　최근 들어 보편적 복지와 선택적 복지 중 무엇을 선택할 것인지 논란이 되고 있다. 현재 우리 현실에 비추어 더 절실한 것은 선택적 복지이다. 소득이 많은 사람과 적은 사람이 똑같은 복지를 받는다면, 소득이 많은 사람들에게만 유리하다.

　그 사람들에게 아예 혜택을 주지 말자는 것이 아니라 상위계층 사람들에게 혜택을 조금 줄이고 빈곤층 계층에게 좀 더 주자는 것이다. 어떤 사람들은 똑같은 국민이니 똑같은 혜택을 받아야한다고 주장한다. 그러나 빈부격차를 줄이기 위해서는, 그리고 빈곤층을 살리기 위해서는 선택적 복지가 더욱 필요하다.

　물론 보편적 복지도 좋지만 그것은 빈부격차를 줄일 수 없을뿐더러 현재 우리 현실에 맞지 않다. 그러므로 선진국 진입의 기로에 서 있는 우리 현실을 감안할 때, 현 시점에서 더 필요한 복지는 보편적 복지가 아니라 선택적 복지라고 할 수 있다.

조선일보
2011. 06. 09
[시론] 저출산·고령화, 기존 인력 활용 높이는 게 해법

　최근 통계청은 지난해 65세 이상 고령(高齡) 인구가 전체 인구의 11.3%로서 빠른 속도로 증가해 가고 있다고 밝혔다. 하지만 경제의 '조용한 파괴자(silent destructor)'가 당초 전망보다 훨씬 심각하게 우리에게 접근하고 있음에도 이에 대비한 정부 정책은 별로 효과가 없고 예산만 낭비한다는 비판이 많다.

　기존의 저출산·고령화 대비 정책에는 크게 두 가지 문제점이 있다. 첫째는 경제활동인구 총량(總量)을 늘리는 방식에 치우쳐 있다는 것이다. 출산율이 급감하니 인구의 유입량을 늘리기 위해 출산육아 보조금을 주고, 경제활동인구의 유출량을 줄이기 위해 정년연장 고령자에게 임금보조를 해 주는 등 인구총량 증가 정책은 필요는 하지만 한계가 있다. 둘째는 종합적 사고가 결여돼 있다는 점이다. 보건복지부·여성가족부·지방자치단체 등에서 중복되거나 유사한 많은 정책들이 나오지만 시스템적으로 연결되지 않아 정책효과를 극대화하지 못하고 있다.

　국민 입장에서 저출산의 원인은 인생의 불확실성에 기인한다. 취업이 불안정하고 주택과 자녀교육비 부담이 크기 때문에 결혼을 미루거나 안 하게 된다. 이에 따라 기혼여성의 가임(可妊)기간이 단축되고 무자녀 부부가 느는 현상은 저출산으로 이어진다. 이런 상태에서 자녀를 낳으면 돈 몇 푼 준다고 출산율이 획기적으로 높아질 리는 만무하다. 또 고령자를 위한 사회안전망이 부실해 고령자 고용률이 이미 OECD 상위권으로 진입한 우리나라의 현실에서 고령자 고용률을 추가로 높이려는 정책은 한계가 있을 수밖에 없다.

　이제라도 저출산·고령화 대책은 인적자원의 질적 활용도를 높이는 것이 근본임을 깨달아야 한다. 먼저 아동의 경우 해외입양이 여전히 많고 고아나 취약계층의 아동에 대한 사회적 배려가 부족하다. 차라리 저출산 예산을 줄여서 이들을 위한 지출을 늘리는 것이 바람직할 수 있다. 청년은 노동시장에서 수요와 공급의 부조화로 일자리를 찾지 못하는 문제가 심각하다. 이는 국가 인적자원 운용을 학벌 위주에서 직무능력 위주로 개혁하는 것이 해법이다. 여성은 일과 가정의 양립이 미진한 상황에서 결혼은 불확실한 인생세계로 진입하는 창구인 만큼 결혼연령이 늦어질 수밖에 없다. 이와 관련해서는 상용직 파트타임 일자리를 활성화하고 OECD 최하

위인 대졸 여성 고용률을 높이기 위해서 '일하는 엄마'가 편안히 자녀교육을 시킬 수 있는 교육환경이 조성돼야 한다.

고령자에 대한 연금이나 복지확충도 필요하다. 고령층의 소득안정은 미래에 대한 삶의 희망을 갖게 하는 만큼 청년 및 중장년 세대의 지출을 증가시킬 것이며 적극적인 출산장려 정책에 조응할 수 있다. 퇴직 고령자들이 숙련된 능력을 발휘할 수 있는 파트타임 일자리 개발과 이들을 보호하기 위한 고용보험 등 사회안전망 제도의 재설계, 생계보호형·자원봉사형·사회기여형 등 고령자 특성에 맞게 정책수단을 개발할 필요가 있다.

인간이 동물과 다른 점은 미래를 내다보고 의사결정을 한다는 점이다. 취업~결혼~출산~퇴직 등 생애의 흐름을 합리적으로 기대하고 경제적 의사결정을 해 가는 것이다. 생애과정의 불확실성이 클수록 저출산·고령화 문제는 더욱 심각해질 것이다. 인구총량이라는 관점에 집착하다 보면 이러한 지극히 상식적인 시각이 망각될 수 있다.

조준모 성균관대 경제학부 교수

▌여성에게 가정과 직장이 양립할 수 있도록 해야 한다.

정윤이

나라가 발전하기 위해 가장 필요한 것은 젊은이다. 활동량이 제일 왕성하고 무슨 일이든 척척 해낼 것 같은 그들이 점점 줄어들고 있다. 심지어 우리나라는 대체 평균 출산율에도 미치지 못하여 미래에 심각한 문제로 발전할 가능성이 커지고 있다.

우리나라의 현저히 줄어드는 출산율은 단연 돈 문제에서 비롯되었다. 얼마 전 한 신문사의 통계에 따르면 각 가구마다 한 자녀를 키우는데 약 2억 5천만원이 든다고 한다. 아이 키우기도 쉽지 않은데 이렇게 과다한 경제적 비용을 들이며 누가 아이를 낳고 싶어 할까. 저조한 출생률의 원인은 이 뿐만이 아니라 맞벌이나 독신녀 증가 등 여성의 사회 진출에도 관련이 있다. 자신의 꿈을 이루면서 살고 싶은데 집에서 '아이나 키우고 있어야 하는가?'라고 그녀들은 말한다.

저출산을 막으려면 여러 대책이 필요하다. 제일 먼저 가장 시급한 경제적 문제를 해결하기 위해서는 국가에서 보육료를 보조해 주어야 한다. 육아 휴직 수당 등을 마련하여 직장에 나가지 않고도 아이들이 어느 정도 자랄 동안은 국가에서 이를 보조해주는 것이다. 이에 만만치 않게 드는 사교육비 문제는 공교육을 강화하여 사교육을 받지 않도록 노력해야 한다. 또한 직장에 다니며 아이들을 직장 내에 보육시설을 마련하여 출근하며 아이를 맡기고 퇴근하며 데리고 올 수 있게 하는 방법이다.

 가정과 직장이 양립하는 사회가 진정으로 삶의 질이 높은 국가라고 할 수 있다. 저출산 문제는 국가의 백년대계와 직결된 만큼 근본적인 대책을 수립해야 한다. 지금 당장 이 모든 대책을 실현하기엔 힘들겠지만 우리 사회가 관심을 갖고 차근 차근 실천해나간다면, 여성들의 사회참여도 이끌어낼 수 있고, 미래 세대에게 짐을 덜어주는 일석이조의 효과도 얻을 수 있다. 하루빨리 더 다양한 대책을 마련하여 우리 사회가 안정적으로 발전할 수 있도록 해야 한다.

▌ 보육시설의 확충을 통해 여성들이 편하게 일할 수 있도록 해야 한다.

희정이

　　우리나라 의과대학 중에 제일 인기가 없고 학생이 부족한 학과 중 하나는 산부인과다. 나중에는 아이를 낳고 싶어도 의사, 또는 낳을 만한 곳이 없어서 못 낳을 수 있다는 얘기다. 그만큼 우리나라는 저출산의 문제가 심각하다.

　우리나라 사람들이 출산을 기피하는 가장 큰 이유는 아이를 낳으면 경제적 비용이 과다하게 지출된다는 점이다. 사교육이 없으면 성공하기 힘든 우리나라 부모들은 항상 사교육비 때문에 걱정이 이만저만 아니다. 한 신문사 통계 발표에 의하면 한 가구에 한 자녀 당 약 2억 5천만원이 든다고 한다. 일반 서민들은 어마어마한 이 비용을 감당하기가 어렵다. 또한 여성의 사회진출도 원인이 된다.

　　그 결과 맞벌이 부부도 늘어나고 독신 여성이 증가한다. 결국 여성들도 일이 전문화되어지고 그 일에 만족감을 충분히 얻기 때문에 딱히 아이를 낳을 필요성을 느끼지 못하게 된다. 그리고 요즘 젊은 부부들은 아이가 자신의 여가생활, 행복 등을 추구하는데 방해가 된다고 생각한다. 아이를 키우다 보면 개인의 사생활이 없어지기 때문이다.

　　저출산 문제를 해결하기 위해서 우선, 국가에서 보육료를 보조해주고 공교육을 강화한다면 서민들의 경제적 비용에 대한 고민은 줄어들 것이다. 일 때문에 아이를 낳지 않는 여성들을 위해 직장 내 보육시설을 확충하고 보육시설 설치에 대한 법과 제도를 간편하게 바꿀 필요가 있다. 그것은 부모들이 여가생활을 즐길 수 있도록 하는 방법이기도 하다. 일본이 저출산으로 인해 겪는 피해들을 본보기로 삼아 우리는 더 나은 방향으로 나아가야 한다.

조선일보
2011.07.01
[송희영 칼럼] 좋은 포퓰리즘, 나쁜 포퓰리즘

저쪽 편에 재벌이 서 있다. 이쪽에는 노동자, 농민들이 웅성거린다. 저쪽에는 권력을 쥔 사람들이 가세하고, 이쪽에는 못 배우고 천대받은 민초(民草)들이 몰려든다. 서로 상대를 비방하고 성토하는 함성이 솟구치고 때로는 총알까지 튄다.

이런 19세기 말 미국 사회의 풍경은 요즘의 한국과 많은 것이 겹친다. 선진국으로 가 보겠다는 국가적 야심이 닮았고, 사회가 두 편으로 갈라져 충돌하는 장면도 비슷하다. 그 당시 인기 있는 단어가 '포퓰리즘'이었다. 인민당(People's Party) 당원들은 '포퓰리스트(Populist)'로 통했고, 그 별명에 자부심을 가졌다. 한때는 주지사 10명, 상·하원 의원 45명을 배출하는 기세를 올렸다. 그런 미국과 비교해 한국에서 포퓰리즘을 '인기편승주의', '대중영합주의'로 딱지 붙이는 것은 편견이 심한 해석이다. 복지 구상이 나올라치면 주저 없이 '무책임한 포퓰리즘', '포퓰리즘식 나눠먹기'라고 비난하는 지식인이 적지 않다. 대중의 입맛에 맞추는 정치행위를 비판해야 머릿속에 역사와 철학이 가득 찬 인물이고, 그래야 나라의 장래를 걱정하는 지사(志士)가 된 듯 뻐긴다.

그러나 포퓰리즘은 본디 나쁜 말이 아니다. 민주주의를 하는 나라에서 대중(大衆)의 뜻을 받들고 다수 의견을 존중하는 일처럼 중요한 것은 없다. 여러 사람의 의견을 정책에 반영하려는 의지가 없는 정치인이 선거에 나와서는 안 되고 권력을 잡으려 해서도 안 된다. 민주국가에서는 포퓰리즘을 정치적 에너지 자원(資源)으로 생각해야 옳다. 더군다나 우리는 포퓰리즘이 왕성할 수밖에 없는 토양 위에서 살고 있다. 재벌은 갈수록 커지고 이자·배당 수입으로 수백억원씩 소득을 올리는 수퍼 부자들이 속속 탄생한다. 120년 전 미국에서도 석유재벌과 철도재벌이 부(富)를 독차지했고, 신흥부자들이 줄지어 등장했다. 저쪽 편에 풍요가 넘친다면 이쪽에는 곤궁한 무리들이 득실댄다. 비정규직 근로자가 828만명(노동사회연구소 추정), 소득보다 지출이 많은 적자(赤字)가구가 530만, 대출금 갚느라 허덕이는 '하우스 푸어'가 157만가구, 실질적인 청년실업자가 120만명, 신용카드 발급이 정지된 신용불량자가 100만명이다.

과거에는 은행거래가 끊겨 몰락하면 개인 책임으로 돌릴 수 있었다. "도대체 어떻게 살았길래"라고 책망하며 혼자 힘으로 위험에서 탈출하라는 압박이 사회적으로 강했다. 하지만 그런 낙오자들이 이제는 수백만명 단위로 집단화하고 말았다. '우리들'과 '그들'을 가르는 경계선도 분명해졌다.

미국의 포퓰리스트들은 1888년 미시시피에서 처음 전국 모임을 가졌을 때부터 재벌을 욕하고 은행가를 매도했다. "엘리트 계층을 타도해야 한다"는 발언도 이어졌다. 재벌·은행·먹물들에 대한 반감이 극심한 오늘의 한국과 그다지 다르지 않았다.

그렇지만 미국의 지배층은 빈손을 내미는 패배자 집단을 "나라 장래를 걱정하지 않는다"고 깔보거나 "칭얼대지 말라"며 경멸하지 않았다. 자기들이 하면 친(親)서민이고, 저쪽이 하면 포퓰리즘이라는 논리도 펴지 않았다. 그 대신 그들의 분노와 주장을 하나 둘 정치권이 흡수해갔다. 미국 포퓰리스트당(黨)은 18년 만에 몰락했다. 그들이 유태인과 가톨릭을 적대시하는 데까지 극단으로 흘러갔던 때문이기도 했지만, 그보다는 정치권이 불만계층의 분노를 정치에너지로 변환시키는 데 성공한 덕분이었다.

담배연기 자욱한 밀실에서 지명되던 상원의원을 유권자의 직접투표로 선출하고 민주당과 공화당이 전국을 돌며 대통령 후보를 공개경선(競選) 방식으로 뽑기 시작한 것도 그때부터다. 그들 주장대로 철도 재벌·석유 재벌을 해체했고 기업 간 담합을 금지하는 법안도 만들었다. 복지를 실행하기 위해 미국역사상 처음 소득세와 상속세를 신설한 것도 포퓰리즘의 부산물(副産物)이었다.

미국이 포퓰리즘 대결을 계기로 국가운영의 틀을 개조했던 것에 비하면 한국의 포퓰리즘 다툼은 아무것도 아니다. 재벌을 때릴지언정 분할을 주장하는 정치인은 없고, 기존 정당을 다 뒤엎겠다고 나선 정치단체도 미미하다. 그저 무상(無償) 복지를 둘러싼 어정쩡한 포퓰리즘 논쟁만이 들끓고 있다.

이렇듯 어정쩡하기 때문에 반값 등록금 대책도 뒤끝이 개운치 않고, 수백만명씩 거대집단을 형성한 낙오자 세력들에 대한 처방도 나오지 않는 듯하다. 어쩌면 우리는 좋은 뜻의 포퓰리즘을 정치적 밑천 삼아 나라를 바꿔보겠다는 진짜 포퓰리스트를 학수고대하고 있는지 모른다.

▌ 포퓰리즘은 인기영합에 불과하다.

정윤이

　　현재 우리나라에 크게 대두되는 '포퓰리즘'에 대해 사람들의 의견은 가지각색이다. 포퓰리즘의 본래 뜻은 다수 대중의 의견을 반영해 정책을 만들고 집행하는 것이다. 하지만 실제로 포퓰리즘은 본래의 목적을 외면한 채 대중의 인기와 관심만 끌기 위해 겉모양만 그럴싸한 인기영합주의로 변질되어 버렸다.

　　정치인들은 포퓰리즘을 이용해 겉으로는 대중들의 관심을 끌기 좋은 정책을 내세운다. 하지만 이들 중에는 인기만 얻기 위해 허위로 공약을 내세우는 경우도 허다하고, 특정인이나 소수에 한정되어 정책이 실행되는 경우도 적지 않다. 그 대표적인 예로 최근 큰 문제로 치부되는 반값등록금을 들 수 있다. 반값등록금은 제목만 얼핏 들어도 눈길이 간다. 하지만 반값등록금을 실행할 정확한 대책도 없을뿐더러 학력 수준이 높은 우리나라 대중들은 단순히 혹하지 않고 예산, 세금 문제 등 논리 있게 따지고 보기 때문에 반값등록금의 실천은 사실상 불가능하다.

　　포퓰리즘의 피해를 본 대표적인 나라는 아르헨티나이다. 아르헨티나의 페론이란 대통령이 당선되기 전에 아르헨티나는 굉장히 잘 살던 나라였다. 하지만 포퓰리즘으로 95%라는 엄청난 지지를 얻는 페론이 당선되자 아르헨티나는 가난에 허덕이게 되어 수 십 년간 빠져 나오지 못하고 있다. 우리나라도 이를 먼 현실이라 할 수 없다. 단순하게 포퓰리즘의 영향으로 실행시킨 정책 때문에 국가 재정이 파탄 나고 국민을 혼란에 빠트릴 가능성이 우리나라에도 적지 않기 때문이다. 따라서 본래의 포퓰리즘의 뜻을 살리고 싶다면 분명한 대책을 마련하고 나라의 미래도 앞서 봐야 한다.

▌ 포퓰리즘은 민주국가의 에너지원이다

희정이

　　정치인이 인기를 얻으려면 여러 사람들의 요구 사항을 들어주고 실천해 나가야 한다. 민주주의를 하는 나라에서 다수의 의견을 존중하는 일은 특히 중요시된다. 그리하여 포퓰리즘이란 다수의 뜻을 듣고 그러한 정책을 집행하는 의지가 보이는 행동이다. 이런 포퓰리즘은 민주국가의 에너지원이다.

　　정당은 인기만 얻으려고 해서 나쁘다고 말하는 사람들이 많다. 하지만 본래 정당의 목적은 정권 획득이고 정권을 획득하려면 국민들의 인기가 필요한 것은 어쩔 수 없는 현상이다. 인기를 얻기 위해 국민들의 요구 사항에 귀 기울이게 되고 또 실현해 주려고 노력한다. 결국 국민들을 배려하는 정책이 되어가는 셈이다. 그렇다고 해서 포퓰리즘이 왕성한 사회가 되면 국가의 미래를 멀리 보지 못하여 악영향을 준다. 포퓰리즘은 지나치지만 않고 적당히 존재한다면 오히려 국가발전에 도움이 된다.

　　예컨대 초등학교 무상급식 논란은 학부모님들이 많이 원하기 때문이다. 초등학교 무상급식을 시행하면 학부모들은 급식비 부담에서 벗어날 수 있고, 소득과 소비의 증가로도 연결될 수 있기 때문에 국가의 세금이 나가는 것처럼 보일 수 있지만 국가적으로 큰 이익이다. 초등학교 무상급식을 포퓰리즘으로 매도하는 것보다는 오히려 겉모습만 번지르르하게 짓는 눈요기 정책들이 국민을 속이는 행위라고 할 수 있다.

  민주주의는 다수결의 원칙이 있고 많은 국민들에게 호응을 얻을 수 있는 정책에 더 정당성이 있다. 포퓰리즘을 부정적으로 보는 것 보다는 국민중심 정책이 만들어지고 국민을 위한 지도자로 만드는 긍정적인 면이 있다. 19세기 말 미국의 포퓰리스트라고 별명 붙여진 한 정치인이 오히려 자신의 별명에 자부심을 가졌다고 한다. 포퓰리스트는 곧 다수 대중의 의견을 받들고 의지 있는 사람을 말할 수도 있기 때문이다.

한겨레
2011.10.27
[아침 햇발] 섀클턴의 비스킷과 리더십

얼마 전 영국 런던의 크리스티 경매에서 비스킷 한 개가 1250파운드(230만원)에 팔렸다. 영국의 전설적인 탐험가인 어니스트 섀클턴이 1907~09년 남극탐사 때 식량부족으로 고통을 겪던 대원에게 내줬던 비스킷이다.

비스킷은 영국의 헌틀리 앤드 파머스사가 당시 극지탐험대용으로 제조한 고단백 에너지 대용식이다. 로알 아문센, 로버트 팰컨 스콧과 함께 20세기를 대표하는 탐험가 중 한 명인 섀클턴은 그로부터 5년 뒤인 1914년 인듀어런스호 남극탐사 때 빙하에 갇혀 대원 27명과 634일 동안이나 사투를 벌이면서도 전원 무사귀환의 기적을 이뤄낸 인물로 유명하다.

1909년 섀클턴은 남극점을 160㎞ 앞두고 기상악화 때문에 베이스캠프로 철수해야만 했다. 캠프로 돌아오는 과정은 추위와 굶주림과의 전쟁이었다. 어느 날 섀클턴은 배고파 지쳐 있는 대원 프랭크 와일드에게 자신은 아직 버틸 만하다며 자기 몫의 비스킷을 내줬다. 와일드는 그 비스킷을 먹지 않았다. 그는 일기에 "수천 파운드를 준다 해도 이 비스킷을 팔지 않겠다. 섀클턴의 희생정신을 평생 잊지 못할 것"이라고 적었다.

극한 상황에서 리더의 역할은 막중하다. 인듀어런스호의 기적은 섀클턴의 남다른 소통능력과 자기희생이 있었기에 가능했다. 섀클턴과 비슷한 시기에 탐험에 나섰던 다른 배들은 적지 않게 선상반란 등의 참혹상을 겪었다. 섀클턴은 비록 위대한 실패를 했지만 '섀클턴 리더십'은 위기 때마다 재조명받고 있다.

히말라야에서 조난당한 박영석 대장도 도전정신 못지않게 탁월한 리더십을 가졌다고 한다. 그는 산에서는 극한의 용기와 인내력을 발휘했지만 동료들에게는 한없이 베푸는 사람이었다. 원정등반 비용을 마련하느라 결혼 예물을 팔기도 하고 아파트 전세금을 빼낸 적도 여러 번이었다. 아끼는 후배들을 전셋집에 데리고 살았던 그는 "무조건 내 거 안 챙기면 된다"는 게 등반대장으로서의 철학이었다.

그는 "산악인의 기본자세를 가장 잘 표현하는 단어를 하나 고르라면 나는 지체없이 헬프를 선택하겠다. 도전, 진취적 기상, 고난 극복 같은 남성적인 어휘들도 여성적인 힘이 담겨 있는 이 단어 앞에서는 빛을 잃고 만다"고 했다. 이런 그였기에 국내의 내로라하는 산악인들이 구조대를 자청했다.

세계적인 경제위기로 삶의 불확실성이 커지고 있다. 사람들은 위기상황 자체보다도 위기관리 능력에 심각한 회의를 품고 있다. 월가 시위는 그것이 비등점에 이르렀음을 뜻한다. 시위대는 승자독식 체제의 제도적 전환을 요구한다. 그와 함께 지도자들의 탐욕과 무능에 분노하고 있다.

미국 클린턴 행정부에서 노동부 장관을 지낸 로버트 라이시가 〈슈퍼자본주의〉에서 말한 대로 기업들은 규제완화, 감세 등 자신들을 우대하는 정치적 성과를 얻기 위해 점점 더 집요하게 파고든다. 세계화와 기술의 발전 등으로 경쟁이 치열해지는 가운데 어떻게든 살 방법을 찾아야 하기 때문이다. 시민들이 아무리 목소리를 높여도 정치인들은 그런 소란 속에서 귀를 기울일 수가 없다. 곧 슈퍼자본주의가 정치로 흘러들어와 민주주의를 익사시키려 하고 있다. 정치인들이 더 무책임해진 게 아니라 균형을 잡기가 그만큼 어려워진 탓도 크다.

이러한 위기가 탐험대장에는 미치지 못할지언정 그 그림자만큼이라도 따라올 진정성의 리더십을 절박하게 요청하게끔 만든다. 이제 사람들은 가꿔진 이미지와 장밋빛 미래를 믿지 않는다. 무엇을 하겠다는 화려한 언사보다도 어떻게 해왔는지를 중요한 잣대로 삼는다. 시간은 미래로부터 오지 않으며 과거의 강물이 흘러 미래로 간다는 현실인식이 마음속에 자리잡았다. 시민들이 정치를 점거해가고 있다.

정영무

▌ 우리 사회에서 가장 필요한 리더십은 수평적 리더십이다

정윤이

　　양극화가 심화되고 있는 우리 사회에서 가장 필요하나 리더십은 수평적 리더십이다. 수평적 리더십이란 사회의 구성원들과 소통을 하며, 사회를 위해 희생적인 정신을 갖자는 것이다. 이에 대해 가장 좋은 예는 바로 영국의 전설적 탐험가인 섀클턴이다. 그는 대원 27명과 634일이나 빙하에 갇혀 있으면서도 대원들에게 자신의 비스킷을 나눠주며 희생하고 소통하여 무사하게 귀환하였다. 사람들은 서로 서로 의사소통을 해야 한다. 무조건적이고 일방적인 독재형 리더십이 사회를 장악한다면 사회는 곧 파멸의 위기에 부딪힐 것이다. 따라서, 사회를 발전시키며 양극화를 사라지게 하기 위해서는 수평적 리더십이 요구된다.

▌ 민주적 리더십이 절실하다.

희정이

　　사회 양극화가 심화되고 있는 우리 사회에서 가장 필요한 리더십은 민주적 리더십이다. 사회 양극화는 구성원들 간의 소득 불균등 때문이다. 그 결과 사회 계층이 분열되고 그들 간 대립이 심해지고 있다. 이러한 문제는 사회적,

경제적 발전을 위해 해결해야 할 숙제다. 과거에는 이러한 문제를 해결하기 위해 독재적, 수직적 리더십이 빈번했지만 오늘날은 민주적 리더십이 필요하다.

민주적 리더십은 구성원들과 지도자 간의 소통이 있는 것이다. 의사소통은 원활하게 할수록 대립된 자들의 불만을 줄여주면서 문제 해결이 수월해진다. 과거에 종종 쓰였던 독재적, 수직적 리더십은 구성원들 사이에서 의사소통이 많지 않았다. 자신의 이야기를 할 수 있는 기회가 적으니 반감도 컸다. 또한 리더의 희생정신도 매우 중요하다. 리더의 희생정신은 구성원들을 더욱 힘이 나게 하고 본받으려 한다. 사회 지도층이 자신의 이익만 챙기려 하는 것보다 리더로서 희생정신을 보이면 일반 사람들도 그들을 따르게 된다. 이렇게 되면 사회 양극화는 해결될 것이다.

영국의 탐험가 섀클턴은 수평적 리더십을 발휘하여 좋은 결과를 얻었다. 원활한 소통과 희생정신을 타나내어 선원 모두를 극한 상황에서 살릴 수 있었다. 극한 상황일수록 그의 희생정신은 더욱 빛났다. 당시 비슷한 시기의 다른 탐험 배에서는 볼 수 없던 결과이다. 섀클턴의 수평적 리더십이 민주적 리더십으로 발전하면 가장 이상적인 리더십 체제가 만들어진다고 본다.

99% 대 1%, 80대 20, 88만원 세대 등 우리 사회의 양극화의 심각성에 대한 숫자적 표현을 자주 볼 수 있다. 사회통합과 더불어 사는 사회를 위해 사회 양극화 해소가 꼭 필요하다. 이를 위해 소통과 희생정신 뿐만 아니라 구성원들이 요구하는 것을 잘 반영할 수 있는 지도자가 필요하다. 소통과 희생정신에 민주적 리더십이 결합된 지도자를 양극화된 우리 사회가 원하고 있다.

한겨레
2012년 02월 19일
[이동걸 칼럼] 재벌가의 탐욕, 나라경제 죽인다

빵집, 순대집, 라면집, 자동차 정비업소, 동네 구멍가게, 커피점, 명품 브랜드 수입 등등, 주위를 둘러보고 돈 될 것 같기만 하면 무엇이든, 이것저것 가리지 않고 집어삼키는 재벌가 자녀들. 자기 아버지가 하는 거대 모그룹의 일감을 싹쓸이해 몰아줘 자식들이 손쉽게 떼돈을 벌 수 있는 신나는 일도 이들 재벌가 부자(父子)들이 놓칠 리 없다. 먹어도 먹어도 배고파하는 우리나라의 재벌가들. 이들을 보고 있노라니 우리 아이가 유치원 다닐 때 같이 읽던 그림동화책 '탐욕스런 비단구렁이'(The Greedy Python)가 자꾸 생각난다.

어느 정글에 먹어도 먹어도 배가 고픈 비단구렁이가 살고 있었다. 눈에 보이는 건 무엇이든 먹어치웠다. 간식거리도 안 되는 조그만 쥐새끼부터 집채보다 더 큰 코끼리까지 눈에 보이는 건 무엇이든 집어삼켰다. 몸통은 점점 더 커졌고 주위의 것들은 보이는 족족 더 빨리, 더 게걸스럽게 집어삼켰다. 이렇게 다 집어삼키고 나니 이제는 주위에 더 먹을 게 없어졌다. 며칠을 굶었다. 배는 점점 더 고파지고 아무리 돌아다녀도 먹을 것은 보이지 않았다. 먹을 것을 찾아 몇날 며칠을 눈에 불을 켜고 정글 안을 열심히 휘젓고 다니는데, 아 저기 맛있게 보이는 크고 긴 고깃덩어리가 보인다. 비단구렁이는 입을 있는 대로 크게 벌리고 잽싸게 달려들어 그 고깃덩어리를 덥석 물고 삼키기 시작했다. 며칠 만에 먹는 먹이라 그렇게 맛있을 수 없었다. 남냠 쩝쩝 행복하며 열심히 그 고깃덩어리를 삼켰다. 그렇게 한참 먹고 있는데 아 갑자기 자기 뒤통수가 눈앞에 나타나는 것이 아닌가. 탐욕스런 비단구렁이는 이렇게 꼬리부터 시작해서 서서히 자기 몸을 먹어치웠다는 게 이 동화의 이야기다.

우리나라의 재벌 가문들, 창업자로부터 친손, 외손 대충 3대를 내려왔으니 우리나라에 엄청난 재력을 소유한 재벌가는 줄잡아 200~300은 더 될 것이다. 이들도 당연히 인생에서 성공하고 싶을 테고, 재력 있는 가문의 자식들이니 이 사회에서 성공할 가능성이 누구보다 더 클 것은 당연지사다. 그런데 왜 이들은 오직 돈만 알고, 돈으로 성공하는 것만이 성공인 것으로 생각하고, 하나같이 돈을 더 못 벌어 혈안이 되어 있을까. 돈만을 성공의 척도로 삼으니 기득권을 이용해 돈을 더 벌고, 또 돈을 더 벌기 위해 돈으로 기득권을 더 단단하게 한다. 왜 이들 가문의 부모들은 자식들을 돈밖에 모르게 키웠을까. 자신들이 알고 있는 것도 돈밖에 없기 때문일까?

고리타분한 얘기지만 이 세상에는 돈 말고도 의미있는 일이 너무 많이 있다. 돈을 많이 버는 것만이 인생의 성공은 아니다. 훌륭한 기업을 키우는 것도 매우 의미있는 일이지만 떡볶이, 해외명품 수입, 동네 구멍가게로 세계적인 기업을 만들 계획은 아니었지 않은가. 자본주의 사회에서 돈으로 할 수 있는 일은 재벌이 말고도 많이 있다. "아버님, 제 몫의 재산을 주시면 저는 그 돈으로 어려운 예술가들을 도와주는 일을 하고 싶습니다." "병원을 여러 개 만들어 어려운 사람들을 무료로 치료해주고 의술도 발전시키고 싶습니다." 그런데 도대체 왜 우리나라의 그 많은 재벌 가문에는 이런 자식들을 볼 수 없는지.

수단·방법 가리지 않고 돈만 벌면 되고, 돈만이 성공이라고 가르치는 재벌가의 가정교육, 우리 재벌가의 탐욕스런 천박성이 우리 경제를 죽인다. 재벌가의 번식률이 우리 경제의 팽창속도를 앞설 테니 재벌가가 늘어나는 만큼 새로운 먹을거리가 생기는 것도 아니다. 기득권에 안주하는 재벌가 자녀들은 점점 더 모험적인 사업을 두려워한다. 그런데 재벌가의 천박한 탐욕은 그 끝을 모르니 그 엄청난 자금력과 모그룹의 힘을 가지고 땅 짚고 헤엄치기 식으로 주변의 모든 것을 먹어치울 것이다. 먹거리를 빼앗고 기술을 탈취해 중소기업을 고사시킬 것이다. 우리나라 기업생태계를 초토화시켜 업을 세우는 일(기업)은 점점 더 어려워질 것이다. 그리고 어느 날 재벌들이 자신들마저 잡아먹는 날이 올 것이다. 탐욕스런 비단구렁이가 자기 몸을 다 씹어삼키고 사라지듯이. 막을 방법은 없나? 당연히 있다. 99%가 힘을 합치면.

이동걸 한림대 재무금융학과 객원교수

▌ 골목상권의 다양성을 보장해야 한다.

정윤이

　　요즘 길을 가다 보면 대기업의 분식집, 패스트푸드점을 심심치 않게 볼 수 있다. 대기업과 재벌의 이러한 골목상권 진출은 사회에 상당한 혼란을 초래하고 있다. 대기업이 점점 다양한 분야에 힘을 뻗는 지금 가장 큰 피해를 보고 있는 대상은 중소기업과 소비자이다. 대기업이 분식집과 같은 소소한 분야까지 진출한다면 그에 종사하고 있던 자영업자들은 생존권을 위협받게 될 것이다.

　　골목 상권은 세계적이고 거대한 분야의 직종이 아니며 그만큼 전통성도 있고 지역성도 뚜렷하다. 이를 대기업이 침범해 자영업자들의 폐업을 초래하면 결국 골목상권의 다양성을 해치게 된다. 또한 이러한 문제가 심화되면 대기업이 골목상권마저 독점할 위험성도 커지고, 가격 측면에서 소비자에게 상당한 부담을 안겨줄 수 있다. 물론 기업의 목적인 이익 추구는 당연한 일이고 대기업인 만큼 제품이 안전할 수는 있다.

　　기업의 이러한 이익 추구는 중소기업과 대기업간의 양극화를 심화시킬 것이고 이의 피해를 보는 것은 결국 대기업이다. 왜냐하면 일자리를 뺏기고 실업자가 늘어나면 사회의 혼란을 일으킬 것이며 소비자에게 소비를 이끌어야 할 대기업은 그를 막는 행위를 하는 것이나 마찬가지이기 때문이다. 우리나라의 심각한 재벌구조가 심화되는 것을 막고, 골목상권의 다양성을 보존하기 위해서는 대기업과 재벌의 골목상권 진출은 바람직하지 않다.

▌ 골목상권 진출은 사회 양극화를 심화시킬 뿐이다.

희정이

집 근처에 재래시장과 대형 마트가 있다면 장을 볼 때 고민을 하게 된다. 어떤 사람들은 대형마트로 가겠지만 대부분 주부들은 재래시장으로 발걸음을 옮긴다. 재래시장은 대형 마트와 달리 '덤'이라는 것이 존재한다. 그러면서 판매자와 소비자들 간의 정도 생기기 마련이다. 하지만 최근 대기업들이 골목 상권에 진출하면서 지역에서 영세한 자영업자들의 생존권을 위협하고 있다.

기업의 목적인 이익 추구를 위해 가능하다고 말하는 사람들도 있다. 하지만 대기업의 가계가 생김에 따라서 몰락하는 이들을 위한 제도가 없다. 또한 재벌이 골목 상권에 진출한다는 것은 사회의 양극화를 더 심화시킨다. 현재 추세는 심해진 양극화를 줄이기 위한 노력을 하는 것이다. 만약 재벌이 골목 상권에 진출하는 행위가 바람직하다면 불 난 곳에 기름을 끼얹은 격이 된다. 소비자들이 획일화된 제품을 만나지 않고 재벌의 가게가 독과점을 함으로써 생기는 가격 상승을 막기 위해 대기업의 골목 상권 진출은 제한해야 한다.

제4부

세상을 말하는 즐거움

제4부는
방송언론, 사회복지, 저작권, 환경 등 사회 주제에 대해 수필, 주장글 등의
형식을 통해 자신의 경험과 생각이 담겨 있습니다.

"나는 책을 가장 훌륭한 스승이라고 확신한다.
또한 내가 모르는 세상이 존재한다는 사실을 깨닫게 해준다."
– 안철수 –

■ 생물의 다양성, 신문기사의 다양성

> 정윤이

며칠 전에 우리 집에 배달된 조선일보를 펼쳐보다가 눈길이 가는 부분이 있었다. 평소에 과학에 대한 기사에 관심이 많았던 나에게는 흥미를 끄는 기사였는데 '원자력 특집 NIE'를 발행한다는 내용이었다. 과학의 달, 서울 핵안보 정상회의와 맞물린 과학주제라서 더욱 관심이 갔고 어떤 내용일지 궁금해졌다.

고등학교 2학년인 나는 사실 매일매일 신문을 읽지는 못한다. 하지만 적어도 일주일 중 월, 수, 토요일자 신문은 꼭 읽으려고 노력해왔다. 신문을 보면 다양한 볼거리들이 존재한다. 특히 내가 가장 재미있게 보는 지면, 항상 기다려지는 지면은 조선일보에 주기적으로 연재되고 있는 '최재천의 자연과 문화'이다.

그런데 최재천 교수의 칼럼을 읽고 있으면 자연현상과 사회현상이 결코 다르지 않다는 것을 깨닫게 되는데 비빔밥 같은 묘미를 줘 정말 흥미로운 것 같다. 내가 읽었던 최재천 교수의 글은 민주주의라는 말과 개미의 특성을 가지고 거의 '완벽한 민주주의'를 실천하고 있는 개미제국과 비교해 보여주고 있다. 단순히 개미들의 생리를 보여주었다면 아마 따분해서 읽지 못했을 수도 있었겠지만, 이러한 종류의 글은 수업시간에 볼 수 없는 글이라 더욱 관심이 갔다. 복잡한 사회현상을 생물과 자연 즉, 과학과 연계하여 흥미와 관심을 끄는 최재천 칼럼은 이슈를 더욱 쉽게 이해하고 접할 수 있게 하였다.

그런데 칼럼을 읽는 재미는 여기서 그치지 않는다. 하나의 사건에 대한 해석이 거기에서 멈추는 법이 없다. 마치 필름처럼, 연극처럼 다시 생각하게 만들고 좀 더 깊이 있게 사고하도록 해주는 즐거움이 있다. 가령 최재천 교수님의 칼럼을 읽고 난 후, 자연과 인문을 함께 이용한 신문기사가 또 없을까? 하고 찾아보다가 공직사회의 다양성을 주장하는 서울신문 칼럼을 읽게 되는 식이다. '다양성'이라는 말이 꼭 생물계, 생태계에서만 존재하는 단어가 아니라 끊임없이 응용이 가능하고 그 개념을 통해 새로운 개념과 사고를 만들어낼 수 있다는 사실에 깜짝 놀랐다.

최재천 교수는 생물의 다양성은 마치 '젠가'라는 게임과 같아서 블록을 쌓고 하나씩 빼다가 블록 전체가 무너져 내리는 것처럼 생태계 또한 무너질 것이라고 하였다. 이미 생물 다양성에 관한 배경지식을 알고 서울신문의 칼럼을 읽으니 채용을 하는 공직사회에서도 생물 다양성과 같은 인재의 다양성이 얼마나 중요한지 알게 되었다.

인문과 과학의 경계선이 점차 사라져가고 있다. 융합학문이라는 말도 나온다고 한다. 그리고 우리 학교에서 선생님들은 통합교과 교육의 필요성을 늘 강조하신다. 신문의 주제나 내용이 다양해져야 한다. 내가 최재천 교수의 칼럼을 즐겨 읽는 것도 이 때문이다. 내 주변에서 이과는 이과와 관련된 기사만 문과는 문과 관련 기사만 읽는 경우를 종종 볼 수 있다. 이제는 한쪽만이 아닌 모두 연관되어 누구든 다양하고 흥미있게 접할 수 있는 기사가 많이 실려야 할 것이다. 생물의 다양성처럼 신문도 다양성이 필요하다.

▌ 신문은 나의 멘토

희정이

　　가족들과 함께 야외에서 삼겹살을 구워먹을 때, 엄마가 항상 챙겨 가시는 '신문지', 그리고 어른들만 이해할 수 있는 딱딱한 종이에 불과했던 그 신문이 이제는 나의 멘토다. 나에게 신문기사는 편안한 즐거움이자, 세상과의 대화이자, 고마운 존재다. 나는 신문을 유심히 읽다가 만난 소중한 글귀가 마음에 와서 심금을 울릴 때 마치 새로운 것을 발견한 것처럼 나의 글귀로, 좌우명으로 만들어 왔다. 초등학교 때는 '어린이 동아'에서 에디슨에 대한 기사를 읽고 나의 좌우명을 '인내와 노력'으로 선정했었다. 또한 중학교 때에는 집으로 배달되는 한국일보를 종종 열심히 읽었는데, 그 때 그 기사에서 가져다 나의 좌우명으로 만든 것이 바로 '심오한 사고, 정확한 판단, 과감한 실천'이었다. 신문속의 그 글귀들은 나의 생활에 영향을 미치고 있었다. 이처럼 신문은 내가 쉽게 만나고 접할 수 없는 많은 감동 뿐만 아니라, 지식을 전달해주는 감동과 지식의 보물창고였다.

　　고등학교에 진학하고 난 후 나는 본격적으로 조선일보와 한겨레 신문에 있는 칼럼을 빠지지 않고 읽으려고 노력했다. 학교 선생님의 권유도 있었지만, 늘 새로운 사회의 사건과 현상에 대한 날카로운 시각으로 펼쳐놓는 필진 들의 글을 읽고 있으면 목표를 세우고, 앞으로 내가 어떤 사람이 될까라는 문제에 대한 답을 어렴풋이 제공해줬기 때문이다. 지금도 칼럼을 읽고 난 후, 마음에 와닿는 글귀를 핸드폰과 책상 벽면에 붙여놓고 마음을 다지는 글이 있다.

작년 9월 7일자 조선일보에 실린 〈아침논단〉에 '글로벌 시각에서 본 안철수 신드롬'이라는 칼럼을 읽으며 봤던 글귀였다. 한참 안철수 신드롬이 강하게 불었던 시기였던 터라, 제목도 마음에 들었고 윤영관 서울대 교수님의 글이라 더 읽고 싶었던 터에 더 흥미있게 읽었던 것 같다. 이 칼럼에서 윤영관 교수님은 우리 사회의 문제를 해결하기 위해서 가장 필요한 것으로 상상력, 돌파력, 신뢰성을 가져야 한다는 주장이었다.

이 칼럼에서 나온 '상상력, 돌파력, 신뢰성' 이 세 단어가 나에게 커다란 자극을 주었다. 칼럼을 다 읽고도 계속 생각이 나서 휴대폰 배경화면 문구에 써놓았다. 그런데 가끔씩 친구들이 학교에서 내 핸드폰을 보고 상상력, 돌파력, 신뢰성이 뭐냐며 물어보는 일이 벌어졌고, 그 글을 써놓은 이유에 대해 매우 궁금해 했다. 처음에는 뭐라고 대답해야 할지 망설이다가 좌우명이라고 대답했다. 친구는 나보고 나 스스로 생각해 낸 것이냐고 묻자 칼럼에서 봤다고 대답했다. 친구는 칼럼을 보고도 좌우명을 찾을 수 있다는 것에 신기해 했다.

신문이 나같은 청소년에게도 큰 영향을 줄 수 있음에 놀라웠다. 신문은 꼭 어른들만의 이야기가 들어 있는 것은 아니었다. 나는 나의 신문에 대한 경험이 더 많은 독자들에게도 인생의 멘토가 되고, 생활의 도우미, 다양한 사람들이 서로 이해할 수 있는 매개체가 될 수 있다고 확신한다. 특히 신문을 읽는 독자는 청소년 뿐만이 아니다. 다문화 가정 등의 사람들도 함께 같이 공감할 수 있는 신문기사가 많아져야 한다.

▌ 저작자가 웃으면, 온 국민이 웃을 수 있다.

저작군의 하루를 통해 살펴본 저작권 문제

정윤이

상쾌하게 맞은 아침, 그렇게 '저작군'의 하루가 시작된다. 아침을 먹은 저작군은 엄마와 함께 대화를 하고 있다.

"아들, 엄마 영화 한 편 보고 싶은데, 다운받아줄 수 있니?"

"네, 잠시만요. 금방 받아요."

매번 저작군이 이용하는 '무한다운' 불법사이트에서 오늘도 그는 무료로 영화를 다운 받는다.

엄마와 영화를 보고 난 저작군은 얼마 전 다운받은 노래와 만화를 블로그에 게시하기 위해 또다시 컴퓨터 앞에 앉는다. 능숙하게 블로그에 자료를 게제하고, 저작권위원회에 걸리지 않기 위해 이리저리 보안을 해둔다. 이를 적나라하게 알고 있는 다른 유저들은 저작군의 블로그에 들어와 무료로 노래와 만화를 공유한다.

자신의 블로그에 투데이 수가 올라가는 모습을 보며 뿌듯해하던 저작군은 문득 투데이 수를 더 올리고 싶다는 욕심이 생긴다. 이내 그는 TV를 켜고 각종 예능과 드라마를 CD에 녹화하기 시작한다. 그는 중국 불법 동영상 사이트를 이용해 이를 업로드하고, 자신의 블로그에 이 동영상들의 링크를 걸어놓는다. 하룻

동안 아무 의식도 없이 신나게 저작권을 침해한 저작군은 잠을 자기 위해 침대에 눕는다. 잠이 들기 전 블로그 투데이수가 올라갈 것을 기대하던 중 갑자기 그는 불안함을 느낀다.

"혹시 누가 신고하면 어쩌지?

벌금 장난 아니라던데 설마 경찰한테 걸리진 않겠지?"

불안에 잠을 설치던 그는 결국 뜬 눈으로 밤을 지새운다.

다음 날 잠을 제대로 자지 못해 퀭한 눈으로 등교한 저작군은 친구들의 대화를 듣는다.

"야, 노래 공짜로 다운받는 사이트 알아?"

"그거 무한다운 사이트 가면 다운 받을 수 있어."

곧 종이 치고, 1교시는 강당에서 특별 강연이 열렸다. 강연 제목은 '심화되고 있는 저작권 침해 문제'였다. 저작군은 뜨끔하면서도 관심있게 강연에 몰두하였다. 강연에서는 최근 들어 급증하고 있는 저작권 침해 사례와 불법 사이트 남용 및 해결책을 제시하였다. 특히 스마트폰의 사용이 증가하면서 저작권 문제는 더욱 심화되었고 가격이 상대적으로 비싼 영화는 나날이 늘어나고 있는 실정이라고 하였다. 저작권 침해로 인해 저작권자뿐만 아니라 IT 경쟁력에도 큰 피해를 입히고 있으며, 우리나라에 대한 신뢰도 많이 떨어져 경제에도 치명적인 피해를 준다고 말했다. 결국 이를 해결하려면 법의 강화도 중요하지만 네티즌들의 인식 자체가 바뀌어야 하고, 이것이 원활하게 이루어지지 않으면 결국 피해를 보는 것은 자기 자신이라고 하였다.

강연을 듣고 난 저작군은 집에 돌아오며 천천히 생각을 하였다. '내가 저작권을 침해해서 얻을 수 있었던 것이 무엇일까? 만족감?, 불안감? 내가 블로그 투데이 수를 올렸다고 행복해할 때, 누군가는 피눈물을 흘리고 있지 않을까?'

집에 도착한 그는 바로 컴퓨터 앞에 앉았다. 자신의 블로그에 접속해 게시물을 모조리 삭제한후 불법 사이트도 탈퇴했다. 그리고 굿다운로더, 멜론 등 제휴 사이트에 가입을 하였다. 그렇게 일주일이 흐른 후, 그의 모습은 달라져 있었다. 초반에는 영화, 음악 하나를 받는데 돈이 소비된다는 것이 아깝기도 했지만 저작권자가 웃을 수 있고, 이에 힘입어 더 좋은 창작물을 만들어낼 것이라고 생각하니 자신의 행동에 뿌듯함을 느꼈다. 어느새 그는 불법 사이트 남용자에서 저작권위원회의 한 일원이 되어 있던 것이다.

정보기술 강국, 뛰어난 초고속 인터넷, 똑똑한 스마트폰, 이 어찌 대단한 일이 아닌가. 하지만 이를 남용하고 불법으로 복제하고 공유하면 이 모든 것이 한순간에 무기로 변해버리고 만다. 앞서 제시한 '저작군의 하루'는 어쩌면 대한민국 네티즌의 상당수가 지내고 있는 하루일지도 모른다. 지금껏 공짜로 다운받던 일이 너무나도 일상적이어서 이를 당장 놓아버리기는 상당히 힘든 일이 될 것이다. 하지만 조금씩 실천하다 보면 나도 웃을 수 있고, 저작물을 만든 누군가도 웃을 수 있고, 모든 국민이 다 웃을 수 있다. 지금부터라도 한 사람씩 웃음 짓게 만들자.

▌ 진정한 팬의 자세와 연예인의 저작권보호

> 희정이

　　동방신기 이름만 들어도 떨리는데, 그 중 멤버인 김준수의 뮤지컬
을 보러갔다. 한달치 용돈을 받지 못함을 무릅쓰고 관람하러 가는 내 마음은 말
로 표현할 수 없을 만큼 들떠 있었다. 드디어 무대의 막이 오르고 주인공이 등장
함과 동시에 극이 시작되었다. 시간이 가는 줄도 모르고 벌써 1부가 끝났다. 한
시라도 빨리 2부가 시작했으면 좋겠다는 생각을 했다. 그 때였다.
"지금 뭐하시는 거예요?"

　　내가 앉아 있는 좌석의 뒤에 앉아 있던 한 아주머니가 내 옆 좌석에 앉아 있던
어떤 언니에게 말을 걸었다. 그러자 그 언니는 웬 참견이냐는 표정으로 힐끗 쳐
다보더니 하던 행동을 능수능란하게 이어갔다. 앞좌석에 있는 언니가 어떤 생각
을 하고 있을지 몹시 궁금했다. 하지만 짐작은 갔다.
'뮤지컬 모차르트는 나의 거금을 들여 보러 왔으니, 돈이 아깝지 않게 뮤지컬
을 녹음해서 계속 듣고 친구에게도 자랑해야지!'

　　1부가 끝나고 잘 녹음되었는지 확인을 하고 있던 순간이 아니었을까? 그 순간
내 뒤에 앉아 있던 중년의 여자, 아들이 군대에 가 있을 법한 여자가 그 언니에
게 지금 뭐하는 짓이냐며 시비를 건 것이다.
"10만원이나 주고 들어왔는데 녹음하면 어때요?"
"참나, 그게 진정한 팬이라고 생각해요?"

진정한 팬이라는 말에 그 언니는 어이가 없었다. 진정한 팬도 중요하지만 그 언니에겐 본전을 찾는 것이 더 중요했을 법하다.

"솔직히 그쪽도 제 파일 갖고 싶을꺼 아녜요?"

"전 나중에 DVD 나오면 살껀데요?"

"안 나오면 어쩌실려구요?"

여전히 중년의 아주머니와 그 언니는 실랑이를 벌였다.

사실 그 언니도 DVD로 살 생각을 했을 것이다. 하지만 DVD로 안나올 수도 있고, 설령 나온다고 해도 비싸긴 마찬가지일 것이다. 저 아주머니는 돈이 많은지는 몰라도 그 언니는 아깝다고 생각했을 것이다. 아주머니는 계속 그 언니의 행동을 많은 이들 앞에서 다그쳤고 녹음 파일을 지우라고 요구했다. 주변에 있던 사람 모두 그 아주머니를 옹호하는 눈길이었고 왠지 모르게 그 눈들은 그 언니에게도 녹음 파일을 지우라고 말하는 것 같았다. 그 언니는 암묵적인 외침에 못 이겨 결국 녹음파일을 지웠고 아주머니는 그러지 말자고 하며 자리에 앉았다. 그 언니는 너무 억울해하는 눈빛이었다. 그 아주머니는 도대체 얼마나 양심적이기에 자신에게까지 이러는지 모르겠다. 자기만 이러는 것도 아니고 이 자리에 있는 다른 사람들도 녹음했을텐데. 운이 나쁘다고 생각하는 눈치였다.

반면에 아주머니는 어떤 생각을 했을까?

'10만원이 비록 작은 돈은 아니지만 그렇다고 녹음하는 것이 과연 옳을까?'

1부가 끝나고 내 앞에 있는 그 언니가 1부가 진행되는 내내 녹음한 것을 확인하고 있는 모습을 보며 그 아주머니는 참을 수 없었던 것이다.

"당신들 같은 사람 때문에 녹음한 파일이 퍼져서 관계자는 큰 손해를 입는 거예요. 나중에 DVD로 사면 되는데 지금 팬으로서 할 짓이예요?"

아주머니 앞에 앉아있던 그 언니는 아주머니 말을 듣고 본전을 뽑기 위해 그런 것이라며 적반하장 식으로 나왔다. 연예인 김준수가 이 사실을 알면 기뻐하지 않을 것임을 왜 언니는 모르는 걸까?
"여기 지금 외국인들도 많이 와 있는데 그런 행동은 우리나라의 이미지를 깎는 행동인 걸 모르세요?"
아주머니의 당당한 말이 마치 나를 보고 하는 소리 같았다.
아주머니보다 한참이나 어린 이 분에게 녹음한 파일을 지우라고 요청했고 그 언니는 결국 지웠다. 돈이 아깝다고 해서 그렇게 행동하는 사람이 많다면 문화교류에 악영향을 줄 것임을 정중하게 덧붙였다. 나는 뿌듯한 마음으로 자리에 앉아 공연에 집중하는 듯 했다.

모든 상황을 지켜본 나는 마음 한구석이 찜찜했다. 나는 물론 녹음한 것은 아니지만 녹음한 언니의 말도 공감이 되었다. 대부분 사람들은 겉으로 뒷 좌석에 앉은 아주머니처럼 녹음 하는 행위는 나쁜 행위이고 자기는 하지 않을 것이라며 포장하지만 속으로는 녹음한 언니일 것이다. 실제로 저작권에 대해 의식을 하고 있지만 이용행위는 떨어진다는 설문조사도 있다. 인터넷 상에서는 불법 업로드와 다운로드가 비일비재하고 최근 스마트폰의 활성화로 새로운 유형의 저작권 침해 형태가 늘어나고 있다. 선진국으로 가는 길목에 놓인 우리나라의 국민으로서 저작권에 대한 인식을 더 새겨야 할 때인 것 같다. 준수 오빠는 이런 일이 발생한 것은 미처 모를 것이다. 하지만 자신의 작품을 보며 이런 실랑이가 벌어지는 것을 알게 되고 저작권을 지켜주고자 하는 사람을 만나게 되면 굉장히 기뻐할 것이다. 또 이런 일이 있었다는 것을 알게 되면 저작권을 지키는 사람들이 늘어나는 계기가 될 것임에 무척 반갑고 기뻐할 것임을 믿는다.

▌ 우리 청소년에게 꼭 필요한 것, 편견에 대한 올바른 교육

정윤이

　　전 세계에 수많은 장애인들이 존재한다. 하지만 많은 사람들은 이들에 대해 커다란 편견을 가지고 있다. 장애인이니까 공부를 할 수 없고 일을 할 수 없다고 생각하는 것이다. 하지만 이것은 정말 커다란 고정관념일 뿐이다. 장애인들도 평범한 사람들과 똑같다. 단지 몸이 조금 불편하고 그들만의 개성이 존재하는 것일 뿐이다. 헬렌 켈러, 스티븐 호킹 같은 분들만 봐도 그들은 그들만의 개성을 가지고 얼마나 큰 일을 해내었는지 알 수 있다.

　여기서 잠깐 나의 개성 있는 친구를 소개하려고 한다. 지금은 경기도 부천에 살고 있는 우리와 조금 다르게 몸이 불편한 친구 이민이는 태어날 때부터 다리를 사용할 수 없었다. 이 친구를 초등학교 6학년 때 알게 되었는데 학교에 휠체어를 끌고 다니며 너무 힘들게 생활을 하고 있었다. 학교에 다닐 때 단체로 놀러 가거나 체육대회 등을 할 때면 언제나 구석에서 앉아 있을 수밖에 없었다. 어느 날은 어떤 공연에 다 함께 간 적이 있었다. 이민이도 우리와 함께 그 공연을 보러 갔다. 그런데 예상하지 않은 일이 발생했다. 이민이는 가면서 내 손을 꽉 잡고 함께 공연을 본다는 설레임에 꽤 기분이 좋아 보였다. 나도 마찬가지였다. 그런데 예상하지 못한 일이 발생했다. 장애인은 다른 곳에서 관람을 해야 한다는 것이었다. 그래서 이민이는 장애인이 들어가는 입구를 통해 우리와 다른 장소에서 공연을 관람해야만 했다. 이민이는 장애인이라 일반인들과 함께 관람을 하면 그들에게 피해를 줄 수도 있다는 이유에서였다. 공연이 끝나고 난 후 다 같이 모였을 때 이민이의 표정은 좋지 않았다. 원래 좌석이 꽤 앞쪽이었는데 장애인이라는 이유로 이민이는 한참 뒤 쪽에서 구경해 기대했던 공연임에도 제대로 즐길 수 없었다는 것이다. 나는 그 말을 듣고 마음 한 곳이 씁쓸했다. 그뿐만이 아니었다. 장애인에 대해 정말 많은 차별을 한다는 것을 실감케 한 일이 또 벌어졌다. 입장을 할 때에도 안내원과 주변 사람들이 이민이를 이상한 눈으로 쳐다보았고 이민이를 피해 멀리 돌아갔다. 우리랑 똑같이 생각하고, 똑같은 말을 하는 데 왜 그렇게 생각해야만 할까, 아니 생각했더라도 그런 눈으로 봐야만 했을까 의구심이 들었다.

이민이가 차에 탈 때는 다리를 들어주고 대화하기 위해 몸을 낮추고 그렇게 우리는 하루하루를 보냈다. 그러던 어느 날, 이민이가 더 이상 학교에 나오지도, 우리에게 연락을 하지도 않았다. 나는 걱정되어 집에 찾아가 보았지만 그곳에 이민이는 없었다. 겨우 이민이의 어머니와 연락이 됐는데 이민이가 하루 종일 휠체어에 타서 앉아 있다 보니 척추에 너무 심한 이상이 생겨서 수술에 들어갔다는 것이다. 그 말을 듣는 순간 심장이 철렁했다. 잘못 하면 정말 위험한 상황이될 수도 있는 수술을 하고 있다는 말에 나와 친구들은 걱정을 많이 했다. 다행히도 수술은 성공적으로 끝났지만 더 이상 재학을 할 수는 없을 것이라고 했다. 그래도 괜찮았다. 이민이가 학교에 계속 다니며 더 아파지는 것보다는 나았다. 우리들은 마주보고 힘겹게 웃었고 작별인사를 했다. 그리고 4년이 흐른 지금, 어렴풋이 이민이의 얼굴이 떠오른다.

가끔 가다 보면 이민이와 비슷한 상황의 장애인분들이 보인다. 항상 곁에 있어 보았기 때문에 그들이 얼마나 힘들지 조금은 알 수 있었다. 지나가는 대부분의 사람들은 그들을 이상한 눈으로 쳐다보지만 난 도와주고 싶다는 생각이 간절했다. 하지만 이제는 그것마저 너무 힘들게 되어버렸다. 예전에, 다리가 불편하신 장애인을 보고 그 분을 도와드리려다가 자신을 놀리고 괴롭히는 줄 아신 그 분은 나를 매몰차게 뿌리치고 가버리셨다. 나는 그 상황에서 화가 나는 것보다 아픈 마음이 더 강했다. 평소에 얼마나 많은 놀림과 무시를 당하셨으면 도움의 손길까지 마다한단 말인가. 하지만 나에게는 너무 어릴 때의 충격이었기에 이제는 그들에게 다가가는 것조차 할 수 없게 되어 버렸다.

그 일이 있은 후로 웬만하면 장애인 복지시설은 잘 찾아가지 않았고, 장애인을 보면 그냥 지나는 것이 일상이 되어버렸다. 하지만 이제는 마음을 조금 바꾸려 한다. 얼마 전에 동작구에 있는 개인이 운영하는 장애인 복지시설에 다녀왔다. 나로서는 정말 큰 마음을 품고 갔던 것이었다. 역시나 처음에는 장애인분들 근처에 다가갈 수조차 없었다. 다가가려 하면 그 큰 상처가 다시 되살아났고, 그렇게 되면 고개를 돌릴 수 밖에 없었다. 하지만 한 시간, 두 시간, 시간이 계속 흐르면서 장애인분들과 조금씩 친해졌고, 책도 읽어드리고 산책도 시켜드리며 더욱 편안한 마음으로 그들을 도울 수 있었다.

아직까지도 장애인분들과 가족처럼 편하게 지내는 것은 어색하다. 하지만 이제 그 아픈 기억은 조금씩 잊어버리고 새로운 곳에서 그들을 다시 바라볼 것이다. 정말 나의 친구처럼, 부모님처럼 그들을 대하고 도울 것이다. 다음 달에 또 장애인 복지관을 찾을 예정이다. 다음에 가면 조금 더 다가가서 교감을 통하고 그들이 사회에서 조금이나마 희망을 가질 수 있게 돕고 싶다.

 장애인도 할 수 있는 일이 상당히 많다. 장애인 복지시설에 갔을 때 손가락이 없어서 글을 못 쓸 것 같은데도 입을 이용해 타자를 치며 어엿한 직업을 가지고 계신 분도 있었고, 정신연령이 초등학생에 못 미침에도 불구하고 열심히 배우고 노력하려는 모습을 가진 분도 계셨다. 이런 분들을 보면 나 자신이 한심해지고 나는 무엇을 하고 있나 싶기도 하다. 이럼에도 불구하고 아직까지도 많은 사람들은 장애인은 머리가 나빠서 아무 일도 할 수 없다는 편견을 가지고 있다. 물론 그런 예외도 당연히 존재한다. 하지만 모든 장애인이 다 그러한 것은 아니다. 우리와 똑같은 생각을 하는 분들도 존재하고, 우리와 대화를 하고 싶어하는 장애인도 존재한다. 하지만 우리나라에서는 이들에 대해 많은 편견을 가지고 있고, 이들을 제대로 도울 수 있는 복지시설도 제대로 마련되어 있지 않다. 내가 갔던 장애인 복지시설 또한 정부에서 만들어 준 시설이 너무 적어서 개인이 직접 만들어 운영하는 시설이라고 한다.

 우리 청소년들은 장애인에 대해 물어보면 잘 모른다. 그리고 자신과 동떨어진 얘기로만 치부한다. 그래서 장애인에 대한 주제로 토론을 하면 깜짝 놀랄 때가 많다. 같은 또래인 나도 놀랄 정도인데, 어른들이나 장애를 가지고 있는 분들께서 들었을 경우 더더욱 놀랄 것이다. 심지어 장애인이 같은 학교에 다니는 것에 대해 못마땅하게 생각하는 것부터 시작해 장애를 가지고 있는 것은 단순히 태어날 때 잘못 태어났다는 식으로 얘기가 나온다. 이런 분위기로 토론을 진행하다

보면, 교과서식 결론이 나오거나, 흐지부지 되는 경우가 많다. 자신이 장애를 가질 수도 있다는 의식과 절박감이 없기 때문에 남의 일이 되어버리는 것이다. 나는 우리 청소년들의 이런 의식을 바로 잡기 위해서 봉사활동도 좋지만, 좀 더 체계적인 교육이 선행되어야 한다고 생각한다.

이와 같은 교육을 통해 우리 청소년들이 의식을 바꾸고 시각도 교정해나가야 한다. 특히 장애인에 대한 많은 편견을 바로잡기 위해서 가장 필요한 것은 장애인을 잘 알지 못하는 가장 좋은 방법은 역시 대중 강연과 같은 방법이 좋을 것이다. 장애인과 장애인 복지 전문가가 현장의 생생한 경험을 들려주는 방안도 있을 수 있다. 특히 장애인이지만 사회적으로 큰 성공이나 업적을 남긴 분들이 직접 잘못된 편견에 대해 우리들에게 교육해준다면 더욱 더 인식의 전환을 이루는데 커다란 도움이 될 것이다.

우리나라는 선진국에 비해 장애인에 대한 우대정책이나 복지가 현저히 떨어지는 편이다. 그래서 우리나라는 많은 정책이 필요한데, 그 중 교육이나 취업에 대한 장애인 우대가 시급하다. 보통 사람들과 다르다는 이유로 실업률이 평범한 사람들보다 7배나 높고 학교에서도 평범한 학생들과 분리해서 수업을 한다. 초등학교 때 같은 반이었던 이민이도 대부분을 특별반에서 보냈었다. 하지만 이제는 우리와 같은 존재로 생각할 수 있는 차별 없는 방안이 마련되어 모두 다 함께 진정한 인간 대 인간으로 마주할 수 있는 날이 오기를 바란다.

▌ 희정과 희정

희정이

지난 3월 나는 드디어 고등학생이 되었다. 새내기 고등학생이 된 것이다. 연일 잔뜩 흐린 날씨가 험난한 고등학교 3년을 맞이해주는 듯 했다. 누군가 귀에 따갑도록 '행복 끝 고생시작'이라며 했던 우스갯 소리도 이젠 생생한 현실이 되는 것처럼 느껴졌다. 아마 나만은 아닐 것이다. 그렇지만 나는 여전히 설레임은 가득 안고 있었다. 그 기분으로 학교를 갔다. 교복도 새로 구입해 입었는데 나에게 너무 잘 맞았다. 첫 등교는 그렇게 시작되었다.

우리는 처음 들어가보는 교실에서 선생님의 지시에 따라 출석번호대에 맞춰 자리에 앉았다. 나는 성이 한씨다. 그래서 가나다 순으로 된 출석번호를 볼 때 한참 뒷번호일 수밖에 없다. 당연히 앞 번호와 뒷 번호가 누구인지 궁금했다. 그런데 이게 웬일인가? 뒤에 나하고 똑같은 이름을 가진 아이가 있었다. 동명이인의 경우는 그래도 종종 있기 때문에 놀랄 것도 없지만, 내가 놀란 것은 그 친구의 이름표에는 성이 '문'으로 되어 있었다. 왜 'ㅎ'이 아니고 'ㅁ'인데 내 번호보다 늦지? 하구 궁금하기도 했다. 그런 후 며칠이 흘렀다. 하루는 담임선생님께서 종이를 나눠주며 부모님의 성함과 거주지를 쓰라고 해 쓴 적이 있다. 그런데 나의 뒷 번호인 그 친구의 이름과 주소를 보게 되었다. 순간 나는 깜짝 놀라지 않을 수 없었다. 나랑 이름이 같은 그 친구의 주소는 천주교 성당으로 되어 있었다. 그리고 어머니의 성함은 수녀님이라고 적혀 있었다. '고아인가 보다', '좀 가여운 아이 이구나' 하고 생각을 했다. 그리고 그 아이는 체육이나 이동수업 시간에는 보이지 않았다. 점심시간에도 보이지 않았다.

하루는 궁금해서 담임선생님께 여쭤보았다. 담임 선생님은 그 친구가 특별반 친구라고 하시면서 "희정이가 잘 대해주렴!"하고 말씀하셨다. 난 선생님께서 하신 당부의 말씀도 있었지만, 학급의 임원이라 더 그 친구에게 잘해주겠다는 마음을 먹었다.

알다시피, 요즘은 각 학교 마다 정신지체 장애우들을 위한 학급이 따로 있다. 특히 거동이 불편한 친구들을 위해 학교에는 엘리베이터도 설치되어 있다. 그렇지만 여전히 특수반 교실과 특수반 친구들에 대한 시선은 그렇게 자연스럽지는 않은 것 같다. 사실 나도 마찬가지였던 것 같다. 그래서인지 나뿐만 아니라 우리 친구들도 정신지체 장애우들이 있는 그 교실을 지나는 것을 별로 달가워하지는 않았던 것으로 기억된다. 보통 정신지체 장애인이면 바보 같은 행동을 빈번하게 할 뿐만 아니라 이해할 수 없는 이상한 행동을 하는 아이들이라는 고정관념이 머릿속에 박혀 있기 때문일 것이다. 하지만 항상 쉽게 깨지지 않는 고정관념이 문제다. 어쨌든 우리학교 같은 경우에 정신적으로 장애우인 친구들만 특별반과 일반반을 오가면서 생활을 한다.

하루는 학급 반 친구들의 생일을 알기 위해 학급 달력에 반 친구들 생일을 적어놓기 위해 친구들 한 명 한명 생일을 물어봤다. 희정이는 나랑 생일까지 같았다. 진짜 너무 신기해서 둘이 손바닥을 짝짝 치면서 웃었던 기억이 난다. 담임 선생님도 신기하다고 어떻게 이런 인연이 다 있냐며 놀라셨다.

"근데, 너 하필 저런 애랑 생일도 같고 이름도 같아서 기분 찜찜하지 않아?"
한 친구가 물었다. 신기한 것도 잠시 가만 생각해 보니까 그런 것 같기도 하고
아닌 것 같기도 하고 생각이 뒤엉켰다.
"만약 쟤가 정상인 이였다면 더 좋았겠지 뭐⋯⋯"

　그렇게 난 확실하게 말하지 못하고 넘어갔다. 그렇게 그날은 넘어갔다. 나는
그 친구가 수업시간에 우리 반 아이들한테 혹시나 방해나 피해가 될까 걱정을
했다. 의외로 조용하게 어쩔 땐 나보다 더 수업을 열심히 듣는 모습이 보였다.
저런 친구도 열정적으로 필기를 하는데 난 뭐하고 있었는지 조금 반성도 했다.
유인물을 나누어 주거나 걷을 때에도 적극적이고 귀차니즘이 가득한 친구들 보
다 오히려 더 낫다는 생각을 했다. 정상인 몇몇 친구들은 선생님이 앞에서 열심
히 수업을 하고 계시는 데에도 불구하고 신나게 떠든다. 정말 그럴 때면 좀 뒤처
지는 그 친구만큼이나 못하는 느낌이 들어서 우리 반이 부끄러워 질 때도 있었
다. 가끔 집중이 안 되고 그럴 때면 그 친구를 보면서 나도 다시 마음을 다잡는
다. 그리고 어쩔 때는 교실에 있고 어쩔 때는 생활실에 가 있는 그 친구는 어떻
게 1층과 4층을 그렇게 많이 오갈 수 있는지 모르겠다. 난 등교할 때 4층까지 올
라오느라 숨이 막히는데 그 친구는 멀쩡하다. 그리고 빼먹지 않고 꼬박꼬박 가
는 모습이 대단했다. 정상인 친구들도 이동수업 시간에는 가끔 수업을 빼먹고
도망가는데 정말 부끄럽다.

　최근에 학교에서 수련회를 갔었는데 우리 반은 반티도 맞추어 입고 단단히 준
비를 하고 갔다. 그곳에서 작은 운동회를 했는데 우리 반은 열띤 응원으로 유명

해졌다. 그리고 우리 반에 있는 특수반 아이도 열심히 응원하는 모습이였다. 나도 선수로 나갔었는데 그 친구도 같이 응원해주는 모습이 눈에 보였다. 내 차례가 끝나고 다시 응원하다가 발을 헛디며서 팔꿈치가 까졌었다. 나 조차 몰랐는데 그 친구가 팔꿈치가 까졌다면서 걱정해 주었다. 같이 보건실도 가서 약도 발랐다. 뭔가 나에게 관심을 가져주고 따뜻한 마음씨를 가졌다는 것이 느껴졌다. 아마 그 친구도 자신과 이름이 같고 생일이 같은 나라서 좀 더 관심을 가져 줬는지도 모르겠다. 수련활동 중에서 레프팅을 하는 활동이 있었다. 우리는 구명조끼도 하고 헬멧도 쓰고 노를 저었다. 좀 하다보니까 금방 지치고 힘들었다. 다른 친구들은 귀찮고 힘들어서 손 놓고 쉬는 동안 희정이는 구호도 외치면서 열심히 노를 저었다. 매사에 열심히 하는 모습이 보기 좋았다. 희정이도 이렇게 하는데 우리가 놀고 있으면 되겠냐며 담임선생님도 따끔하게 말씀 하셨다. 내가 하고 싶은 말 이었는데 차마 하지 못하고 있던 상황에서 그렇게 말씀해 주시니 정말 통쾌했다. 이름도 같고 생일이 같아서 기분 나쁘지 않냐고 물어보았던 친구에게 아니라고 말 할 수 있을 것 같은데 왜 그때는 그렇게 자신이 없었을까 후회도 했다.

우리반 희정이는 정신지체 장애인 중에서도 그나마 환경이 좋은 축에 속하는 것 같다. 제대로 된 시설과 보호자가 있는 것 같아 안심이다. 다른 반에 있는 아이는 그렇지 못하여 힘들다고 들었는데 도와주고 싶은 마음이 생긴다. 애초에 처음부터 이러한 마음이 들었던건 아니다. 희정이랑 친해지면서 정신지체 장애인들이 모두 다 이상한 행동만 하는 친구들이 아니라는 것을 알았다. 물론 남들과 유난히 다른 행동을 하는 사람들도 있을 것이다. 그래도 그 사람들 마음 하나는 정상적인 우리들 보다 순수하고 나을 때가 많은 걸 보니 관심을 가지게 되었고 봉사하고 싶은 마음이 생긴 것이다.

중학교때도 희정이와 비슷한 또 다른 친구가 있었는데 어디서 보호받고 있는지 집은 어디인지 잘 몰랐다. 그래도 인사는 하고 지냈었는데 아쉬움이 남는다. 문득 그 아이가 떠오른다. 그 친구도 희정이처럼 마음이 따뜻한 친구였다. 2009년 여름 장마철, 나는 방과후 우산이 없어서 어떻게 할까 고민하고 있었다. 그 때 ADHD 장애가 심한 우현이가 와서 나한테 우산을 주면서 쓰고 가라고 했다.

"그럼 넌 어떻게 갈꺼야?"

"난 우비 있어~!"

난 고맙다고 인사를 하고 무사히 집에 갔다. 그 다음날은 다행히도 날씨가 좋았다. 우산을 가져다주며 고맙다고 했더니 다음엔 우비도 빌려 주겠다고 그랬다. 난 알았다고 고맙다고 그랬다. 지금 생각해 보니 희정이와 그 친구는 어딘가 모르게 닮은 것 같다. 그리고 난 그 알지 못하는 닮음에 대해 감동을 받고 있는 것 같다. 이런 감동을 나만 알고 싶지 않다. 다른 사람들에게도 알려주고 싶지만 기회가 그렇게 흔치 않다.

어느 날 올해 10살이 된 동생이 나한테 누나는 장애인 만나봤냐고 물어봤다. 알고 보니 동생네 학교에 정신지체 장애인이 있는데 자기반이 되었다고 한다. 동생은 왜 하필 자기네 반이냐며 울상이었다. 아직 어린 동생한테 이런 이야기를 하면 잘 이해가 안될 것 같아 하지 않았다. 그 대신에 그 친구가 가끔은 너보다 나을 때가 많을 것이라며 많이 도와주라고 일러 주었다. 동생은 자기가 훨씬 낫다며 반박했지만 언젠가 내 말을 이해할 것이라 믿는다.

정윤이와 희정이가 추천하는 고등학생 필독서

구분	도서명	저자	출판사
1	국경없는 의사회	데이비드 몰리	파라북스
2	사람답게 아름답게	차병직	바다출판사
3	세바퀴로 가는 과학 자전거	강양구	뿌리와 이파리
4	과학공화국 생물법정 -생물의 기초-	정완상	자음과 모음
5	푸른 미래, 바다	임태훈	미래아이
6	논리를 모르면 웃을 수도 없다	박우현	책세상
7	하리하라의 과학블러그	이은희	살림
8	커피우유와 소보로 빵	카롤린필립스	푸른숲
9	난장이가 쏘아올린 작은공	조세희	창비
10	장마	윤흥길	창비
11	논리의 미궁을 탈출하라	좌백	한국철학사상
12	토크빌이 들려주는 민주주의 이야기	윤민재	자음과 모음
13	참여하는 시민 즐거운 정치	이남석	책세상
14	사람을 위한 과학	김수병	동녘
15	세계가 내 가슴에 다가왔다	신광식	개마고원
16	빨간 양털조끼의 세계여행	볼프강 코른	웅진주니어
17	딜레마에 빠진 인터넷	홍윤선	굿인포메이션
18	한 말씀만 하소서	박완서	세계사
19	손님	황석영	창작과 비평
20	나는 빠리의 택시운전사	홍세화	창작과 비평
21	과학에 둘러싸인 하루	김형자	살림
22	과학자들에게 묻고 싶은 인간과 삶에 관한 질문들	존 폴킹혼	황금부엉이

구분	도서명	저자	출판사
23	이중나선	제임스 왓슨	궁리
24	모리와 함께 한 화요일	미치앨봄	살림
25	생각의 지도	리처드 니스벳	김영사
26	철학 역사를 만나다	안광복	웅진
27	플라톤 영화관에 가다	조광제	디딤돌
28	전태일 평전	조영래	전태일기념사업회
29	수다쟁이 홉스에게 말걸기	한국철학사상연구회	신원문화사
30	공자 지하철을 타다	전호근	디딤돌
31	역사란 무엇인가	E. H 카	까치글방
32	열린 사회와 그 적들(상,하권)	칼 포퍼	민음사
33	개방사회의 사회윤리	황경식	철학과 현실사
34	지식인을 위한 변명	장 폴 사르트르	보성출판사
35	인간 불평등 기원론	루소	책세상
36	현대사회학	앤서니 기든스	을유문화사
37	멋진 신세계	올더스 헉슬리	문예출판사
38	세계의 교양을 읽는다1~4	최병권외	휴머니스트
39	한국의 교양을 읽는다2 (과학편)	김보일	휴머니스트
40	한국의 교양을 읽는다3 (문화편)	이상준	휴머니스트
41	한국의 교양을 읽는다4 (사회편)	강호영	휴머니스트
42	대중문화의 겉과 속	강준만	인물과 사상
43	죽은 경제학자의 살아있는 아이디어	토드 부크홀츠	김영사
44	맥도날드 그리고 맥도날드화	조지리처	시유시
45	세계화의 덫	한스 피터 마르틴	영림카디널
46	경쟁의 한계	리스본 그룹	바다출판사
47	노동의 종말	제레미 리프킨	민음사
48	소방귀에 세금을?	임태훈	디딤돌

구분	도서명	저자	출판사
49	미래쇼크	앨빈토플러	한국경제신문사
50	권력이동	앨빈토플러	한국경제신문사
51	부의 미래	앨빈토플러	청림출판
52	국부론	애덤 스미스	비봉출판사
53	기로에 선 자본주의	앤서니 기든스	생각의 나무
54	제 3의 길	앤서니 기든스	생각의 나무
55	소비의 사회	장 보드리야르	문예출판사
56	문화와 소비	그랜트 매크래켄	문예출판사
57	시장은 정말 우리를 행복하게 하는가	이정전	한길사
58	부시맨과 레비스트로스	최협	돌벗
59	소유의 종말	제레미 리프킨	민음사
60	정보사회 이론	F. 웹스터	나남출판
61	자유론	존 스튜어트 밀	책세상
62	자유로부터의 도피	에리히 프롬	홍신문화사
63	평등이 인간을 행복하게 하는가	C. 메베스	서광사
64	교육의 종말	닐 포스트먼	문예출판사
65	거꾸로 읽는 그리스 로마신화	유시주	푸른나무
66	영웅숭배론	토머스 칼라일	한길사
67	반고흐, 영혼의 편지	빈센트 반 고흐	예람
68	감시와 처벌	미셸 푸코	나남출판
69	개인의 죽음	렉 휘태커	생각의 나무
70	정의론	존 롤스	이학사
71	사회를 보는 논리	김찬호	문학과 지성사
72	오래된 미래	헬레나 노르베리 호지	중앙 books
73	진리 청바지 (내가 아는 것이 진리일까)	김창호	웅진지식하우스
74	세상 청바지 (정의로운 사회는 가능할까)	김창호	웅진지식하우스

구분	도서명	저자	출판사
75	도덕이론을 현실문제에 적용시켜 보면	C. E 해리스	서광사
76	니코마코스 윤리학	아리스토텔레스	이제이북스
77	1984	조지오웰	민음사
78	철학의 근본문제에 관한 10가지 성찰	나이절 워버턴	자작나무
79	철학의 현실문제들	김진	철학과 현실사
80	동양철학 에세이	김교빈, 이현구	동녘
81	현대세계의 일상성	앙리 르페브르	기파랑
82	문화의 수수께끼	마빈 해리스	한길사
83	미학 오디세이 1~3	진중권	휴머니스트
84	포스트 모던 문화 읽기	이정호	서울대출판부
85	동양과 서양 그리고 미학	장파	푸른 숲
86	이기적 유전자	리처드 도킨스	을유문화사
87	생명의료윤리학	김상득	철학과 현실사
88	기술문명과 철학	임홍빈	문예출판사
89	환경의 세기	에른스트 울리히	생각의 나무
90	엔트로피	제레미 리프킨	세종연구원
91	기계의 아름다움	데이비드겔런터	해냄출판사
92	살아있는 과학 교과서1~2	고현덕, 김태일 외	휴머니스트
93	정재승의 과학 콘서트	정재승	동아시아
94	박경미의 수학 콘서트	박경미	동아시아
95	당신인생이야기	테드창	행복한 책읽기
96	거꾸로 읽는 세계사	유시민	푸른나무
97	88만원 세대	우석훈	레디앙
98	지도 밖으로 행군하라	한비야	푸른숲
99	이윤기의'그리스 로마 신화'l	이윤기	웅진
100	그림공부 사람공부	조정욱	엘리스

절친 여고생
정윤 · 희정이의 독서기록

같은 책 다른 생각

초 판 인 쇄 | 2012년 09월 24일
2 쇄 발 행 | 2014년 05월 15일
3 쇄 발 행 | 2021년 03월 02일

지은이 | 김정윤, 한희정

펴낸이 | 황종일
편집디자인 | 기명진, 오은지
펴낸곳 | (주) 리딩엠
등 록 | 제 2010-000074호
주 소 | 서울시 서초구 고무래로10길 27, 주호빌딩 4층
전 화 | 02-537-2248
팩 스 | 02-2646-8825
홈페이지 | www.readingm.com

ISBN 978-89-97679-05-8 | 값 10,000원